colecção

volumes publicados:

volumes a publicar:

Ana Maria Magalhães
Isabel Alçada

Uma aventura

nos Açores

Ilustrações de
Arlindo Fagundes

CAMINHO

2.ª edição

UMA AVENTURA NOS AÇORES
(2.ª edição)
Autoras: Ana Maria Magalhães e Isabel Alçada
Ilustrações: Arlindo Fagundes
Capa: Arranjo gráfico da Editorial Caminho
sobre ilustrações de Arlindo Fagundes
Orientação gráfica: Secção Gráfica da Editorial Caminho
Revisão: Secção de Revisão da Editorial Caminho
© Editorial Caminho, SA, Lisboa — 1993
Tiragem: 15 000 exemplares
Composição: Secção de Composição da Editorial Caminho
Impressão e acabamento: Heska Portuguesa
Data de impressão: Janeiro de 1994
Depósito legal n.º 62 362/93
ISBN 972-21-0804-2

Aos queridíssimos
Ana Margarida e Pedro
Cláudia e Sílvia

Agradecimentos

Para fazer este livro contámos com o apoio de várias pessoas a quem queremos agradecer:

Ilha Terceira
Mariana Mesquita
Mabel Santos
Filomena Lage

Ilha de São Miguel
Albano Pimentel
José Carlos Frias

Ilha do Faial
Conceição Macedo
Maria de Lourdes Nunes
Jorge Dinis
Pedro Garcia
António Marques
Vitório Roque de Pinho

Ilha de São Jorge
Severico Maciel
António Pedroso

Capítulo 1

Ilhas com nome de pássaros

— Este disco é o máximo!

— O quê?

Em vez de repetir a frase, Luísa levantou-se e ensaiou uns passos de dança.

Como a mãe não estava em casa, tinham posto a música em altos berros. O som desvairado de guitarras e bateria, mais o coro de vozes humanas que ora pareciam de homem ora de mulher, enchiam a sala, atormentavam os vizinhos, ecoavam pelo bairro.

No prédio ao lado outro grupo de adolescentes acompanhava o ritmo balançando o corpo. Os comerciantes da zona suspiravam e queixavam-se uns aos outros:

— Que barulheira!

— Quando começam as férias é sempre assim.

— Nem sei para que se juntam em grupo. De certeza não conseguem conversar...

De facto, assim era. As gémeas já tinham tentado falar de vários assuntos com os rapazes. Impossível. Também não fazia mal. A música servia para comunicarem entre si porque todos gostavam dos mesmos cantores. Divertiam-se sem trocarem palavra. O pior foi quando a mãe surgiu na ombreira da porta carregada de livros.

— Mãe! hear

— Não a ouvimos entrar...

Pedro apressou-se a carregar no botão da aparelhagem. Fez-se silêncio, um silêncio bastante embaraçoso. O mínimo que podia acontecer era serem bombardeados com os ralhos do costume. Para grande espanto de todos, a senhora pousou os livros, distribuiu beijinhos e sentou-se no sofá com ar prazenteiro. O que disse a seguir foi absolutamente inesperado:

— Fico muito contente por estarem em casa e terem convidado os maiores amigos.

— Porquê? — arriscou a Teresa. — Precisa de ajuda para alguma coisa?

— Se precisar, estamos às ordens — disse logo o Chico.

Ela continuou com uma expressão entre o divertido e o enigmático.

— Não... O que eu quero é fazer-lhes umas perguntinhas.

— A respeito de quê?

— Dos Açores.

— Hã?

Num tom demasiado sério para não ser a brincar, começou:

— Ora digam lá: o que é que sabem a respeito dos Açores?

— São ilhas — respondeu o Chico.

— É um arquipélago — corrigiu o Pedro.

Embora não percebesse aonde a mãe queria

chegar, Luísa decidiu tomar parte na brincadeira:

— Nenhum de vocês tem razão. Açores são pássaros.

— Pois. As ilhas têm nome de pássaros.

— Nem todas! — declarou o João. — Aproveito para lhes lembrar que uma das ilhas se chama Faial e portanto tem nome de cão. O nome do meu cão.

— Se aceitarmos essa lógica, não são as ilhas que têm nome de pássaros.

— Porquê?

— Porque são os pássaros que têm nome de ilhas!

A conversa já resvalara para o absurdo e ninguém conseguia manter a seriedade.

No meio de grande galhofa disseram um chorrilho de disparates. Logo que acalmaram, a mãe insistiu:

— Gostava que me respondessem com uma única palavra às três perguntas que vou fazer a seguir.

Aguardaram em grande expectativa. A que propósito viria o interrogatório? Começavam a ficar curiosos.

— Bom, então lá vai. Quantas ilhas tem o arquipélago?

Nem Pedro se atreveu a responder, com medo de errar. Tinha a ideia de que eram nove, mas hesitava, pois lembrava-se que havia umas quantas muito pequeninas e despovoadas que não costumavam incluir-se na conta.

«Se não me engano, chamam-se Formigas»,

pensou. «A senhora quererá com formigas ou sem formigas?»

Na dúvida, ficou calado.

— Se ninguém responde, passamos à seguinte. Qual foi a primeira a ser descoberta pelos navegadores portugueses?

As gémeas só se lembravam que a Terceira fora descoberta em terceiro lugar, portanto baixaram os olhos e permaneceram mudas.

— E cidades? Ao menos o nome de algumas cidades são capazes de dizer?

— Eu já soube, mas esqueci-me — confessou o Pedro.

— Que vergonha, que vergonha!

— Ó mãe, o que é que lhe deu hoje?

— Por que é que resolveu fazer-nos um exame sobre os Açores?

Em vez de se explicar de forma simples e clara, levantou-se e começou a passear de um lado para o outro. Quando falou, foi com voz severa.

— A vossa ignorância neste assunto é imperdoável! O arquipélago tem nove ilhas. A primeira a ser descoberta foi Santa Maria. Cidades há muitas: Ponta Delgada, Angra do Heroísmo, Horta... São terras de sonho...

Dito isto, fez uma pausa solene. Eles fitavam-na assombrados. E mais assombrados ficaram quando se desmanchou numa explosão de alegria:

— São terras de sonho e eu vou visitá-las todas uma a uma! Ah! Ah! Ah!

Agora parecia uma criança aos pulos pela sala. Mesmo sem música, ia dançando e agitando os braços acima da cabeça numa espécie de samba improvisado.

— Vou fazer uma viagem sensacional! Lá! Lá! Lá!

Tiveram um trabalhão para a obrigarem a sentar-se e a contar-lhes tudo. Ainda arrebatada pela euforia juvenil, instalou-se no chão de pernas cruzadas.

— Não sei se as gémeas vos contaram que eu agora trabalho numa firma de turismo.

— É directora dos escritórios em Lisboa — interrompeu a Teresa com visível orgulho.

— Ah! Quer dizer que há escritórios noutros pontos do País?

— Exacto. No País e no estrangeiro, porque o dono é um açoriano que vive na América. Chama-se António Santos. Mas toda a gente o trata por Tony. Tem hotéis e aldeamentos em várias partes do mundo.

— Então deve ser podre de rico.

— É milionário. Até tem um avião particular que nos vai levar aos Açores para estudarmos a hipótese de desenvolver o turismo nas ilhas.

— Ele convidou-a?

— Convidou, não. Vou trabalhar. Eu e uma pequena equipa de técnicos, fotógrafos, etc. Já começámos as pesquisas. Aqueles livros e *dossiers* são material que recolhi com informações úteis. Daqui a nada vem o motorista buscá-los.

Uma campainhada forte anunciou o visitante.

— Olha, deve ser ele.

Enquanto a mãe ia abrir, ficaram todos a imaginar a mesma coisa. Lá em baixo, estacio-

14

nado à porta do prédio, devia estar um carrão preto de vidros fumados e metais brilhantes.

Apetecia-lhes imenso descer e dar uma espreitadela. O carro teria telefone? Bar? Uma televisão pequenina?

E o milionário, como seria? Talvez muito velho, esquelético, sisudo, sempre a pensar em negócios.

Já que não podiam vê-lo, ao menos queriam conhecer o motorista. Dirigiram-se para a entrada cheios de curiosidade. Quando ele entrou a mãe acolheu-o com surpresa.

— Tony? Então veio até cá? Pensei que mandasse o motorista.

— Despachei-me mais cedo do que julgava e resolvi trocar umas impressões consigo.

— Entre, entre. As minhas filhas estavam aqui com uns amigos mas vão lá para dentro conversar.

O grupo juntara-se e miravam-no da cabeça aos pés com mal disfarçado espanto. Parecia-lhes impossível que aquele homem descontraído e um pouco extravagante pudesse ser o dono da empresa. Alto, forte, de cara redonda muito bem-disposta, tinha imenso cabelo mas já todo branco e sobrancelhas farfalhudas, brancas também. Vestia calças encarnadas e camisa larguíssima com frutas estampadas em diagonal.

Avançou para eles e estendeu uma manápula enorme.

— Mas que prazer em conhecer as filhas desta excelente colaboradora! Já sabia que eram gémeas, só não sabia que eram tão bonitas!

Depois virou-se para os rapazes. Deu-lhes grandes palmadas nas costas, perguntou o nome de cada um, instalou-se recostado no cadeirão e não quis de maneira nenhuma que se fossem embora.

Falava pelos cotovelos, ria com gargalhadas contagiosas, enfim, não podia ser mais simpático.

— Mandar este pessoal lá para dentro? Nem pensem! Eu adoro ver-me rodeado de gente nova. Nunca tive filhos, portanto chamo para ao pé de mim os filhos dos outros.

Num tom de confidência, acrescentou:

— Em tempos esforcei-me bastante, sabem? Casei três vezes. Tive sorte? Nenhuma! A vida correu-me bem nos negócios, agora quanto a família, nicles! Portanto estou solteiro outra vez, e assim hei-de ficar. Ah! Ah! Ah!

A conversa prosseguiu, animadíssima. O homem sabia falar mas também sabia ouvir. Contou histórias, pediu mil informações sobre a vida deles, entusiasmou-se imenso por lhe dizerem que praticavam desporto.

— Também eu fui um craque a nadar. Ganhei várias medalhas em campeonatos internacionais. E ainda hoje começo o dia na piscina. Por isso é que tenho este físico.

Contente consigo próprio, dobrou o braço e fez inchar o músculo. Depois desafiou os rapazes para medirem forças:

— Três contra um. Aceitam? É um combate leal!

Pedro, Chico e João fizeram-lhe a vontade. Com os cotovelos apoiados na mesa deram início

a um desafio de braço-de-ferro. O homem tinha uma força dos diabos! Por muito que se esforçassem, não conseguiam que cedesse um milímetro. As gémeas acompanharam a luta tomando partido:

— Aguentem! Aguentem!

— Se não podem ganhar, ao menos não percam...

Com as veias da testa quase a explodir, eles concentraram toda a energia no braço, no pulso, na mão...

— Bravo! Bravo! Empatámos! A partir de hoje quero que me chamem Tony e se considerem meus amigos de ferro. Combinado?

O jogo e o contacto físico aproximara-os. Sentiam-se já todos muito à vontade. Ainda por cima lancharam juntos. De roda da mesa pareciam uma família alegre a gozar um feriado. Tony comia da mesma maneira que falava, ou seja, com um certo exagero e muito prazer. Elogiou o pão, o queijo, o mel, o doce. Bebeu quase um bule de chá, e, finda a refeição, declarou alto e bom som:

— Eu não posso passar sem vocês. Estão em férias, não estão? Pois vêm todos comigo aos Açores. Se for preciso vou falar com os vossos pais. Que dizem, hã?

A surpresa impediu-os de responder. Foi por isso que se ouviram os latidos frágeis do *Caracol*, que tinha ficado fechado na marquise.

— Há um cão nesta casa? Quero conhecê-lo já!

As gémeas correram a buscá-lo e foi amor à

primeira vista. O «americano» pegou-lhe ao colo, fez-lhe festas, deixou-o lamber-lhe a ponta do nariz.

— Adoro cães. O *Caracol* também é meu convidado.

João olhou para os amigos e nenhum deles precisou de lhe perguntar em que pensava.

— Fala! — segredaram-lhe.

— Eu também tenho um cão, mas é enorme.

— Ai sim? De que raça?

— Pastor-alemão.

— Grande raça! Esses animais são muito inteligentes e podem ser treinados para obedecer.

— O meu é treinado.

— Como é que se chama?

— *Faial*.

— Não acredito! O nome da terra dos meus avós!

— Eram do Faial?

— Eram sim senhor. Foram eles que levaram a família para os Estados Unidos.

— Que engraçado!

— Engraçadíssimo! Esse cão tem que vir connosco para conhecer a ilha que lhe deu o nome. Queres trazê-lo?

Capítulo 2

Quero ser escritora!

Nessa noite tiveram imensa dificuldade em conciliar o sono. As gémeas, como eram duas, ficaram à conversa até altas horas. Teresa acabou por adormecer mesmo de luz acesa.

Quanto a Luísa, virou-se para um lado, virou-se para o outro, sem qualquer êxito. Continuava desperta e agitada com a perspectiva da viagem. Ainda lhe parecia mentira que uma coisa tão boa estivesse a acontecer!

Acabou por se levantar e foi à sala buscar um atlas. Tinha absolutamente que ver o mapa do sítio para onde iam.

Observou as ilhas com uma espécie de curiosidade gulosa. Eram tão diferentes entre si! Havia redondas, compridas, viradas para cima e viradas para baixo...

O cansaço obrigou-a a semicerrar as pálpebras, um bocejo profundo encheu-lhe os olhos de lágrimas e as ilhas dançaram sobre o papel.

Ocorreu-lhe então uma ideia meio louca: recortá-las e redistribuí-las no oceano de modo a comporem uma figura humana.

— Passavam a ser ilhas com feitio de gente.

Já com a voz entaramelada, balbuciou a frase duas vezes. As palavras mudaram de lugar sem ela perceber porquê.

— Ilhas com feitio de gente... gente com feitio de ilha...

Essa alteração fê-la esquecer o atlas e recordar uma colega do ano anterior que andava sempre sozinha e não tinha amigos. Lembrou-se também de um primo mais velho que só lá ia a casa no Natal. Comia, bebia, olhava as pessoas, mas era como se não estivesse presente.

— Gente com feitio de ilha — repetiu.

Repetiu e gostou. Se se esforçasse, talvez escrevesse um poema. Mas sentia-se tão mole!

— Amanhã continuo.

Apagou a luz e estendeu-se ao comprido. Inútil. Não conseguia dormir. A frase que inventara martelava-lhe o espírito. Agora parecia-lhe bonita para título de uma história.

— Acho que descobri a minha vocação. Quero ser escritora!

Ainda tentou chamar a irmã para lhe comunicar o que decidira. Teresa, porém, limitou-se a brindá-la com alguns resmungos.

— Paciência. Depois falamos. Ou melhor, talvez guarde este segredo só para mim.

O dia da partida começou da melhor maneira. Céu azul, temperatura amena, condições ideais para voar. Chegaram ao aeroporto muito antes da hora, radiantes por terem oportunidade de conhecerem um avião a jacto, diferente dos outros por ser privativo. E a experiência não os desiludiu. Entraram pela porta junto da cabina dos pilotos e ficaram a saber que se chamava *cockpit*. Não havia corredor e cadeiras como é habitual, mas uma saleta e bancos muito confortáveis.

Os cães puderam embarcar pois Tony fazia o que bem entendia dentro do seu avião.

Mesmo antes de levantarem voo, já circulavam sumos, bolinhos, pipocas. Entretidos a observar o aparelho e as pessoas, nem falavam uns com os outros.

Além da tripulação, havia funcionários da empresa, que iam trabalhar durante a viagem num pequeno escritório onde dispunham de computadores, telefone, mesa de reuniões e minimáquina de fotocópias.

— Isto de ser milionário é um grande negócio — murmurou o Chico.

Recordando os jogos de palavras com que se embalara na véspera, Luísa corrigiu mentalmente: «Graças aos grandes negócios é que se tornou milionário...»

Não disse nada em voz alta mas ficou satisfeita por encontrar a formulação correcta. «Saber usar as palavras é a habilidade número um dos escritores. Acho que estou no bom caminho...»

Nesse momento a hospedeira pediu que apertassem os cintos. Os motores começaram a roncar, o avião deslizou na pista, ganhou velocidade e elevou-se no ar como se fosse a coisa mais simples do mundo.

Durante um bom pedaço do percurso ninguém lhes deu atenção. Tony examinava *dossiers* no escritório e discutia assuntos de trabalho com a equipa. A mãe das gémeas estava entre eles e era óbvio que atribuíam valor às suas opiniões. Mas como falavam de números e usavam termos técnicos, tornava-se impossível seguirem a conversa, portanto desinteressaram-se. Jogaram às cartas, comeram pipocas, bebericaram sumo. Luísa, mais cansada do que os outros, encostou a cabeça à janelinha redonda e deixou que os olhos se enchessem do azul do céu e do azul do mar. A monotonia da cor e a vibração contínua dos motores foram-na empurrando para um estado amolecente. Quando ouviu a voz de Tony muito perto dela, não saberia dizer se estava acordada ou a dormir.

— Então? Vão satisfeitos? Está tudo bem?

— Não pode estar melhor — respondeu o Pedro.

— Nesse caso arranjem-me aí um lugarzinho.

Eles apressaram-se a abrir um espaço onde o «dono da casa» se pudesse instalar com o maior conforto.

— Ena! Não sou tão gordo como isso! Humm... Vendo bem, até dá jeito. Vou-lhes apresentar o meu sobrinho Sam.

Piscou-lhes um olho e acrescentou em voz baixa:

— Também é de origem açoriana e chama-se Samuel. Mas como vive na América quer que lhe chamem Sam e a gente faz-lhe a vontade. Ó Sam, anda para aqui!

— Vou já, tio. Deixe-me só acabar esta conta.

O homem que pouco depois abandonou o escritório e se juntou ao grupo era uma figura insignificante. Nenhum deles o reconheceria na rua se o tivesse visto apenas uma vez. A não ser que vestisse o mesmo anoraque com a bandeira americana impressa nas costas.

Luísa fixou-se na cara pálida em busca de um traço característico. Agora que decidira ser escritora, sentia-se na obrigação de observar o mundo com olhos mais atentos, para captar impressões transformáveis em textos.

«Se eu tivesse que descrever este indivíduo, seria capaz?», perguntou a si própria.

Depressa descobriu que sim. Naquela cara jovem e sem rugas era tudo estreito, comprimido: olhos juntos, nariz afilado quase sem abas, boca fininha e apertada. Até os dentes eram pequenos de mais. Dentes de rato.

«Este homem tem feições de pessoa aflita», concluiu. «Será apenas efeito dos traços físicos ou andará preocupado com alguma coisa?»

Escusado será dizer que semelhantes dúvidas

não passavam pela cabeça de mais ninguém! Os amigos aceitavam o que viam e ouviam de forma passiva. Aquele homem era sobrinho do milionário? Sorte dele. Tinha uma cara sem graça nenhuma? Que azar!

Também não pestanejaram quando Tony explicou:

— Vocês sabem que eu só conheci este meu sobrinho há uns meses?

— É verdade, tio. É verdade — disse Sam, carregando na pronúncia fanhosa e nasalada típica dos americanos.

— Foi uma coisa extraordinária. A minha irmã casou cedo e foi viver para a outra costa da América. Como eu sempre viajei muito por causa dos negócios, não tinha tempo para visitar a família e perdemos o contacto. Ainda estive para lá ir na altura em que me escreveram a participar o nascimento do Samuel. Queriam que eu fosse padrinho.

— É verdade, tio. É verdade — repetiu Sam.

Eles entreolharam-se, perdidos de riso. Aquele tipo não saberia dizer mais nada?

— Aceitei o convite mas acabei por não poder ir nem naquele ano nem nos seguintes. O tempo passou e olhem, quando me apareceu na frente já tinha este tamanhão.

— É verdade, tio. É verdade.

Desta vez evitaram olhar uns para os outros. Teresa fingiu engasgar-se porque um riso incontrolável fazia-lhe cócegas na garganta.

Tony continuou:

— Ainda te estou a ver entrar no meu gabinete para anunciares: sou o seu sobrinho Samuel! Vocês podem imaginar o que isto significa para uma pessoa que já não tem mais família?

— Imagino — balbuciou o Chico.

— Não imaginas, não. Foi uma alegria que eu nem posso descrever. Ainda por cima ele tinha tirado um curso de hotelaria, que é o meu ramo. Convidei-o logo para trabalhar comigo!

A história pareceu simples e natural a todos menos à Luísa. Na cabeça dela enfileiravam-se suspeitas em catadupa. Sam podia perfeitamente ser um impostor. Talvez soubesse que aquele milionário não tinha herdeiros e resolvesse fazer-se passar por sobrinho utilizando documentos falsos...

Outra hipótese ainda pior veio desalojar a primeira.

«E se ele é um assassino? Pode ter morto o verdadeiro Samuel para lhe roubar a identidade.»

Um arrepio nervoso percorreu-lhe a espinha. Se ele era um assassino, podia querer matar o tio para herdar a fortuna o mais depressa possível. Talvez por isso se mostrasse contrariado. A presença de tanta gente a bordo não lhe convinha...

Olhando-o, hesitou.

«Isto terá fundamento ou trata-se da minha imaginação a funcionar?»

A voz da hospedeira distraiu-a. O avião já perdia altura. Tinham que apertar os cintos outra vez.

— Dentro de momentos aterraremos no aeroporto das Lages. Chegámos à ilha Terceira.

Capítulo 3

A Terceira
foi a primeira

Estar numa ilha é sempre uma experiência de sonho. Assim que puseram os pés em terra, deixaram-se arrebatar por uma espécie de euforia colectiva. Até os cães pareciam contagiados. Ladravam e abanavam o rabo, distribuindo lambidelas em redor.

A cidade ficava bastante longe do aeroporto. Pelo caminho não houve diálogo. Toda a gente fazia os mesmos comentários soltos:

— Que bonito!

— A vista é deslumbrante.

— De toda a parte se vê o mar!

— Sinto-me como os navegadores que descobriram a ilha Terceira — exclamou João.

— Para nós a Terceira foi a primeira!

— É verdade, que giro!

No hotel desenrolou-se a confusão habitual de malas e sacos. O gerente não se mostrou lá muito satisfeito por receber cães, mas Tony pagou generosamente a estada dos animais.

A pouco e pouco todos se foram instalando. As gémeas ficaram sozinhas num quarto e a mãe preveniu-as:

— Façam de conta que eu não estou cá porque tenho imenso trabalho. Vou já sair para uma reunião. Até logo.

Claro que nenhuma delas se importou. Era tão divertido estarem ali com os amigos!

Escada acima, escada abaixo, meteram o nariz nos quartos uns dos outros, na salinha da televisão e até nos recantos onde não está previsto que circulem hóspedes.

Impaciente por ir para a rua, só o Pedro.

— Então, nunca mais se despacham? Quero ver a cidade.

— Calma. Ainda tenho que pendurar a minha roupa no armário.

— E eu também.

— Nesse caso, desço. Não demorem.

Quando punha o pé no último lance da escada, assistiu a uma cena que o impressionou. Sam estava sozinho na recepção. Dirigiu-se ao empregado e antes de falar olhou em volta com ar inquieto.

— Chegou alguma mensagem para mim? — perguntou em voz muito baixa.

O empregado estendeu-lhe um pequeno envelope. Sam quase lho arrancou das mãos. Visivelmente inquieto, afastou-se um pouco e pôs-se a ler virado para a parede.

Do sítio onde estava, Pedro podia ver sem ser visto porque a escada fazia uma curva ligeira. Percebeu que a leitura deixara o homem transtornado, pois quando se voltou estava branco como a cal e ao enfiar o papel no bolso as mãos tremiam-lhe. Antes de se afastar dirigiu-se de novo ao empregado e pediu:

— Se chegarem mensagens em meu nome entregue-as a mim e só a mim. E por favor não fale no assunto a mais ninguém.

Ensaiou um sorriso descontraído mas a única coisa que conseguiu foi uma careta aflita. Depois desandou.

Entretanto Pedro mantivera-se estático no seu lugar. O que acabava de ver parecia-lhe suspeito.

— Este Sam... hum... O que será que tem a esconder?

Quando os amigos chegaram numa alegre balbúrdia, estranharam vê-lo tão pensativo.

— Que foi?

— Aconteceu alguma coisa?

— Não, não. Vamos embora. É melhor falarmos onde ninguém nos possa ouvir.

A última frase funcionou como alerta. Afinal sempre havia novidades!

Ansiosos por saberem do que se tratava, seguiram-no para a rua.

— Então?

— Conta!!

Se não respondeu logo foi porque não lhe ocorriam as palavras necessárias para tornar o relato convincente. Preferiu portanto caminhar um pouco. A rua era estreita, íngreme e dava para uma baía lindíssima. Havia um muro de pedra marcando o limite entre a terra e o mar. Aí se encavalitou. Os outros imitaram-no e ele lá resumiu a cena que presenciara. As reacções foram muito diversas. João não ligou nenhuma. Chico pôs-se a rir. Mas Luísa exultou e decidiu

contar tudo o que lhe viera à ideia durante o voo.

— Ele é capaz de ser um falso sobrinho — concluiu.

— Vocês não estão bons da cabeça. Então acham que uma pessoa inteligente como o Tony aceitava para sobrinho o primeiro parvalhão que lhe aparecesse sem averiguar de quem se tratava? — perguntou a Teresa.

O argumento era forte.

— Mas... mas...

— Aqui não há «mas». Tenho a certeza de que ele é mesmo sobrinho do milionário. E se quer receber mensagens sem dar nas vistas, devem ser mensagens de amor.

Todos acharam que este segundo argumento também tinha lógica, menos o Pedro:

— Falas assim porque não viste a cara dele. Ninguém fica em pânico por ler uma carta da namorada.

— Isso depende!

— Depende de quê?

Quem respondeu foi a Luísa. Saltou do muro e começou a falar como se estivesse electrizada:

— Uma paixão não correspondida pode deixar marcas profundas. Pode destruir um ser humano! O amor infeliz chega a levar ao suicídio. As mensagens escritas vêm de longe e a distância espicaça a alma apaixonada até à loucura...

Os amigos olharam-na, estupefactos. Pelos vistos mudara de ideias. E por que motivo falaria assim? Ela continuou, agora com uma expressão sonhadora e os olhos perdidos ao longe:

— Eu e o Pedro podemos estar enganados. As atitudes de Sam talvez sejam produto de uma paixão funesta.

Chico não resistiu mais:

— Tu estás doida ou tens uma paixão secreta e não disseste nada à malta, hã?

— Que disparate! Limitei-me a tentar entender os problemas de uma pessoa atormentada. É complicado mas consegue-se. Vocês não têm imaginação?

— Temos. Só que a tua parece delirante.

Em vez de se irritar, Luísa sorriu feliz.

— Achas?

— Acho.

— Ainda bem.

— Porquê?

— Porque descobri que quero ser escritora. Tenho andado a puxar pela cabeça em busca de histórias e palavras invulgares.

— Ah!

As declarações de Luísa tiveram o efeito que seria de esperar. Pessoas e factos em discussão passaram do campo da realidade para o campo da fantasia e perderam a consistência.

Um pouco desconsolado, Pedro sugeriu:

— Querem ir dar uma volta?

A proposta agradou e foi aceite.

Estava um dia fresco, sabia bem respirar aquela atmosfera muito leve e muito pura. Durante algum tempo vaguearam sem rumo. Acabaram por desembocar numa praça onde as atenções se dividiram. Havia um palacete estupendo, uma igreja magnífica e uma pastelaria cuja montra convidava a meter o dente nos doces de ovos e de chocolate. A gulodice impôs-se. Já com saliva a crescer na boca, precipitaram-se para dentro da loja.

— Mas que bons ventos os trazem? Sentem-se. Sentem-se aqui ao pé de mim.

Era Tony. Lanchava acompanhado por um fotógrafo, ambos entusiasmadíssimos com os locais que tinham visitado.

— Esta ilha é um espectáculo! — declarou alto e bom som, para grande alegria das pessoas presentes, a quem agradava imenso ouvir elogios à sua terra. — Repararam nas casas? Aposto que não são capazes de me explicar por que é que os edifícios antigos estão novinhos em folha.

Realmente assim era. Nunca tinham visto uma cidade antiga tão bem conservada.

— Então? Ninguém decifra o enigma?

Nas outras mesas os clientes sorriam divertidos porque todos sabiam a resposta. E houve um velhote que não resistiu a meter-se na conversa:

— É muito simples. Em 1980 um terramoto destruiu tudo. Foi horrível! De um momento para o outro ficámos sem casa, houve mortos e feridos, sofremos muito. Mas ninguém cruzou os braços. Ainda chorávamos pelas pessoas e pelas coisas e já tínhamos começado a reconstruir. Voltámos a colocar pedra sobre pedra com paciência, amor, carinho. E com o maior cuidado também. Quisemos manter as fachadas iguaizinhas ao que eram antes da catástrofe. Por isso é que a cidade é nova e antiga ao mesmo tempo!

Várias cabeças acenaram que sim. Por trás do

balcão a empregada imobilizou-se com um bolo entalado na pinça. Parecia uma estátua de cera. A maior parte das pessoas mostrava-se comovida.

Tony levantou-se e deu imensas palmadinhas amistosas nas costas do velhote.

— O amigo sente-se orgulhoso e tem razão. Vocês foram heróicos. E que outra coisa podiam ser numa cidade que se chama Angra do Heroísmo?

Toda a gente riu e concordou. Por pouco não estalavam aplausos. As conversas cruzaram-se de mesa para mesa, contaram-se histórias, recordaram-se episódios do terramoto e não só. Os lanches individuais fundiram-se numa festa animadíssima.

Não voltaram a pensar nos mistérios do sobrinho do milionário senão quando ao fim da tarde ele os procurou para informar:

— A mãe das gémeas já cá não está. Foi para a ilha de Santa Maria falar com umas pessoas interessadas em vender terrenos, que só podiam atendê-la hoje. E depois vai fazer um circuito diferente do nosso. Deixou este número de telefone para lhe ligarem se for preciso.

— E nem se despediu?

— Não se despediu porque não vos encontrou. Se esperasse perdia o avião.

Falava como se não as visse. De testa franzida e olhar absorto, era a imagem da inquietação.

Até o Chico, renitente ainda há pouco, desconfiou.

— O tipo comporta-se de uma maneira esquisita, e não me parece que seja caso de amor. Aqui há gato.

— Já concordas comigo? — perguntou o Pedro.

— Concordo. E quero investigar.

— Como? Não temos pistas...

— Temos sim senhor. A mensagem. Se lhe deitarmos a mão, ficamos a saber o que diz.

— E se ele rasgou os papéis?

— Nesse caso, nada feito. Mas podemos tentar. Talvez ainda esteja no bolso do casaco.

Os planos de «assalto ao casaco» passaram por várias fases, cada qual mais estapafúrdia. Por fim resolveram esperar a noite e entrar no quarto pé ante pé quando o homem estivesse a dormir.

— É arriscado, mas não vejo outra solução.

— Como é que abres a porta?

— Arromba-se.

— Ó Chico!

— Estava a gozar. Sei muito bem que arrombar não dá.

— Esperem! Acho que me lembrei de uma coisa estupenda — disse a Luísa.

— Então diz.

— Vocês sabem que nos hotéis as empregadas que fazem a limpeza têm uma chave sobresselente para cada quarto.

— E depois?

— Depois é muito fácil. Ponho-me no corredor à espera que apareça uma empregada, digo

que aquele quarto é nosso, que a minha irmã adormeceu e não tenho maneira de entrar. Ela abre-me a porta com um lindo sorriso e pronto.

— Pronto não. Se o homem acorda?

— Nesse caso finjo que me enganei porque as portas são todas iguais.

— O plano é bom, mas ainda seria melhor se em vez de ires tu fosse eu. Sou rapaz, sou mais velho e sou mais forte.

— Enganas-te redondamente. Para esta missão o facto de ser rapariga e de ter um ar frágil traz grandes vantagens. Quem é que desconfia de mim? Ninguém. Se for preciso até faço olhinhos de sonsa.

— Ganhaste. Vais tu, Luísa.

Capítulo 4

Ele será
perigoso?

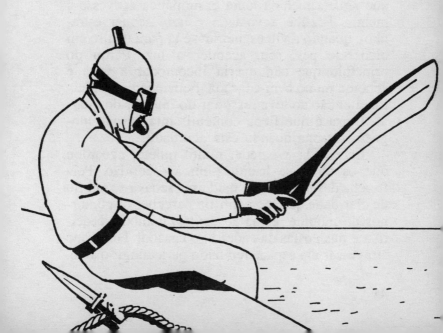

O plano só pôde ser executado bastante tarde. Foi preciso esperar que as pessoas se recolhessem e dar tempo suficiente para mergulharem no primeiro sono. Juntaram-se todos no quarto dos rapazes e Luísa ficou a ver televisão na sala.

Passava da meia-noite quando resolveu ir procurar a empregada. Era uma mulher pacata, de meia-idade, a quem nunca passaria pela cabeça que aquela menina loura e simpática estivesse a mentir. Fez-lhe a vontade e nem sequer estranhou quando a viu esgueirar-se lá para dentro em bicos de pés, sem acender a luz. Partiu do princípio que não queria incomodar a irmã e achou-a muito bem-educada. Felizmente não prestou atenção ao leve ressonar no interior do quarto. Luísa é que ficou contentíssima porque ninguém ressona quando está acordado.

Encostada à parede, muito quieta, aguardou que os olhos se habituassem à escuridão. Pela frincha das portadas de madeira escoava-se um fio de claridade que lhe permitia perceber os contornos da mobília: cama ao centro, cómoda, cadeira... e nas costas da cadeira, o casaco! Tinha que atravessar um espaço reduzido para atingir o alvo.

No entanto, a distância metia-lhe medo. Receava que o movimento do corpo provocasse vibrações ruidosas.

Susteve a respiração, esticou-se de modo a quase não pisar o soalho e avançou. Tic... as tábuas não eram seguras.

«Vou fazer um intervalo entre cada passo, senão estou tramada.»

De braços abertos para não perder o equilíbrio e músculos tensos como quem caminha no arame, lá fez a difícil travessia. Quando se preparava para deitar a mão ao casaco, ia desmaiando de susto, porque o homem se voltou na cama e deu um suspiro fundo.

Esperou para ver o que acontecia mas não aconteceu nada. Sam limitara-se a mudar de posição.

«É agora ou nunca», pensou.

Num impulso nervoso, enfiou os dedos pelo bolso esquerdo, depois pelo direito, rebuscou por dentro, apalpou o forro. Não havia ali papel nenhum!

Furiosa, deu início a uma retirada estratégica.

«Quanto mais depressa sair daqui, melhor!»

A meio do caminho, porém, deteve-se com os olhos postos num cesto de papéis atafulhado até acima. Impossível vasculhar o conteúdo e ler os pedacinhos rasgados.

«A única hipótese é levar isto comigo.»

Meu dito, meu feito. Daí a pouco os amigos viram-na chegar escarlate de aflição, com a testa alagada em suor e abraçada a um cesto.

— Encontraste a mensagem?

— Não sei. No casaco não estava. Procurem aí.

O conteúdo foi despejado em cima da cama do João e ela deixou-se cair ao lado, exausta. Arfava como se tivesse acabado de correr os cem metros numa pista de atletismo.

Os outros precipitaram-se sobre a papelada. Havia ali de tudo um pouco: contas, recibos, folhetos turísticos e de publicidade.

— Parece que não temos sorte...

— Temos sim! — exclamou a Teresa. — Olhem o que eu encontrei!

Bem do fundo, retirou quatro pedaços de carta e juntou-os em cima da colcha.

— É só questão de compor o *puzzle*.

À segunda tentativa, a mensagem apareceu «preto no branco»:

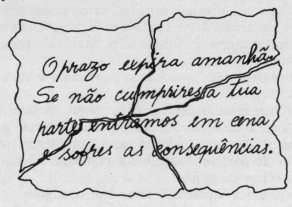

O prazo expira amanhã. Se não cumprires a tua parte entramos em cena e sofres as consequências.

A frase era enigmática mas continha uma ameaça evidente.

— Só pode ser chantagem — balbuciou o Pedro.

— Também acho. Que será que querem que ele faça?

— Não sei.

— E agora?

— Devíamos avisar alguém.

— A respeito de quê? Isto é muito vago.

— Bom, uma coisa é certa: andam a ameaçar o Sam. Querem forçá-lo a cometer um crime.

— Essa conclusão parece-me bastante precipitada.

— Não é, não senhor. Eu não posso garantir que se trate de roubo, de burla, de morte, mas crime é de certeza. Uma mensagem deste género não se destina a obrigar uma pessoa a fazer coisas normais.

— Também tens razão...

— Estou a ficar assustada. Ele será perigoso? E se nos ataca?

— Calma. Não se assustem que não vale a pena. Lembrem-se de que ele não tem nada contra nós. Mal nos conhece!

Pedro falava baixo e com firmeza.

— Se há alguém em risco de ser atacado...

— É o Tony — exclamaram os outros em coro.

— Se lhe contássemos tudo?

— Não vale a pena. Ele não ia acreditar numa possível traição do sobrinho só porque lhe aparecíamos com uns papelinhos rasgados. Se calhar até pensava que fomos nós a escrever isto para armarmos em inteligentes.

— Então vou telefonar à nossa mãe.

Teresa nem deu tempo aos outros de argumentarem. Levantou o auscultador e fez a ligação. Seguiu-se uma conversa completamente absurda. A mãe, assarapantada por a acordarem a meio da noite, julgou que tinha acontecido alguma coisa às filhas. Teresa quis sossegá-la e portanto repetiu várias vezes:

— Não, mãe. Não nos aconteceu nada. Estamos todos óptimos.

— Então por que é que telefonaram?

— A... não tínhamos sono.

Do outro lado do fio soou uma voz exaltada e pronto, o telefonema acabou.

Consciente de que tinha feito figura de parva, baixou os olhos envergonhada. Os amigos consolaram-na:

— Não fiques triste. Este é mais um dos casos em que não podemos contar a verdade porque parece mentira.

— Então o que é que fazemos?

— Ficamos alerta e actuamos quando for preciso.

— Sem saber o que esperar, não é possível arranjar um esquema de defesa.

— Pois não. Mas eu tenciono andar sempre atrás do Sam com o *Faial*. Para onde ele for, vamos nós também.

— Boa ideia. Amanhã não descolamos da equipa.

No dia seguinte Tony mostrou-se encantado por os encontrar na sala do pequeno-almoço, vestidos e penteados, com um sorriso acolhedor.

— Levantaram-se tão cedo para virem comigo? Mas que simpáticos!

— Há lugar para nós?

— Ora! Se não houvesse, arranjava-se. Tenho três jipes preparados para dar a volta à ilha. Cabemos todos. Pelo sim, pelo não, tragam fatos de banho. Eu cá por mim levo, pois tenciono dar umas braçadas na praia ou nas piscinas naturais. Estou com saudades do meu desporto favorito. E tu, Sam? Vens preparado para dar um mergulho?

— A... não sei. Logo se vê.

Observaram-no com cautela para não se tornarem demasiado óbvios. Ele mastigava um pedaço de pão que já dera várias voltas sem desaparecer goela abaixo. Parecia uma criança pequena quando está com birra e não tem apetite.

— Nervosíssimo — concluíram.

— Deve ter medo que os chantagistas apareçam por aí — soprou o Chico.

Mesmo sem querer olharam todos para a porta à espera de um grupo mal-encarado que aparecesse de pistola em punho. Em vez disso, chegaram os fotógrafos. Vinham meio ensonados, com o cabelo em desalinho e máquinas ao ombro.

— Antes do café não falem comigo — disse um deles.

Comeram vorazmente, dando o devido valor ao pão caseiro, à manteiga e ao queijo.

— Agora sim, podemos partir.

— Ainda bem. Julguei que quisessem ficar na comezaina durante todo o dia — brincou Tony.

49

Conforme estava combinado, João instalou-se com o *Faial* no mesmo jipe em que viajava Sam. Os outros não puderam ir com ele porque não cabiam. No momento do arranque fizeram-lhe imensas sinalefas que significavam: «Cuidado! Muito cuidado!»

Apesar da inquietação, a paisagem cativou-os por ser fora do comum.

As casas pintadas de branco agrupavam-se em pequenas aldeias simpáticas, todas à beira-mar. No interior, só campos, campos sem fim! Muros de pedra dividiam ajuizadamente as pastagens em quadradinhos verdes. Que lindo!

Os fotógrafos iam loucos! De máquina em riste, faziam disparos sucessivos: Tchc... Tchc... Tchc...

Um deles rodou a objectiva para focar as vacas pachorrentas que via ao longe. Estavam sozinhas a pastar num daqueles quadrados. Quando não houvesse mais erva, pastariam no seguinte com a ajuda dos donos, que viriam abrir a cancela e enxotá-las sem pressa, sem correria. Ali o ritmo era calmo e tudo transmitia uma maravilhosa sensação de paz. Até as nuvens. Deslizavam muito baixo, envolvendo o topo das colinas num abraço amistoso e instável. Correndo de um lado para o outro como meninas tontas que não soubessem ao certo onde queriam ficar, ora vertiam borrifos ligeiros, ora se transformavam em cortina de névoa, ora decidiam tornar-se espessas com feitio de vela, de barco, de castelo.

Tony não escondia o entusiasmo pela terra dos seus antepassados. Ao passar na cidade da Praia da Vitória, tirou o chapéu numa alegre saudação e pôs-se a falar de guerras:

— Nesta costa houve uma batalha como nunca se viu outra igual. Foi a batalha da Salga. Participaram homens, mulheres, vacas e toiros. E sabem quem saiu à frente? Uma mulher! Chamava-se Brianda. Iupii! Grande mulher (¹).

Enfiou o chapéu na cabeça das gémeas, abraçou-as e declarou:

— Acho que vocês faziam o mesmo. São duas «Briandazinhas», capazes de enfrentar qualquer inimigo.

A referência a inimigos devolveu-lhes de imediato o mal-estar interior. Pairava uma ameaça sobre aquele homem, de quem já gostavam tanto. Queriam imenso ajudá-lo mas não sabiam como. Ignoravam até quem era o agressor.

Instintivamente olharam para o outro jipe. Sam ia no banco da frente. Teria resolvido cumprir as ordens? Estaria à espera que chegasse alguém?

Teresa deu uma cotovelada discreta na irmã e segredou-lhe ao ouvido:

— As pessoas que mandaram a mensagem podem não vir de longe. Se calhar estão entre nós, prontas a entrar em cena.

Que hipótese inquietante! Os companheiros seriam mesmo fotógrafos e motoristas? Ou usavam a profissão como disfarce?

Quando chegaram às piscinas naturais de Biscoitos, tornou-se muito mais difícil manter a

----

(¹) Na parte final deste livro, p. 197, há mais informações sobre a batalha da Salga.

vigilância porque o grupo se dispersou. Os fotógrafos espalharam-se em busca de ângulos favoráveis para a reportagem. Os motoristas deixaram-se ficar ao volante. Tony atirou-se de mergulho no único sítio com abertura para o mar. Bastaram algumas braçadas vigorosas para que se distanciasse.

Sam não parecia disposto a tomar banho nem a conversar. Ainda lhe fizeram algumas perguntas mas ele respondeu por monossílabos e afastou-se. De costas, muito hirto, não tirava os olhos de um barco ancorado ao largo.

— Vou atrás dele?

— Não vale a pena, João. Ali onde está não pode fazer mal a ninguém.

— Então vou tomar banho.

— Nós também.

Despiram-se e escolheram a melhor das piscinas, que era afinal uma espécie de lago comprido rodeado por grandes blocos de lava preta que um vulcão cuspira milhares de anos atrás.

— Que delícia!

— Adoro piscinas naturais!

— Não és só tu. Olha para o *Caracol*, todo contente a chapinhar.

Entretidos com o banho, não deram conta de que Sam se despira. Só o viram já de calção a correr que nem uma seta por cima dos blocos pretos. Com um salto ágil atirou-se ao mar e em poucos minutos chegou junto do tio.

Do sítio onde estavam não podiam perceber exactamente o que se passava, mas ficaram espavoridos porque as cabeças desapareceram. Primeiro uma, depois outra, submergiram, vieram à tona, tornaram a desaparecer.

— Vai afogá-lo! Ele está a afogá-lo!

Chico não esperou para ter a certeza. Mergulhou, seguido de João e *Faial*. Pedro tentou chamar a atenção dos fotógrafos, só que eles andavam muito longe e não ouviram.

— Socorro! Socorro! — gritavam as gémeas.

Ainda acorreu o motorista.

— O que foi? Está alguém aflito?

— Estão a afogar-se! — berrou Teresa com voz rouca. — O senhor não vê?

— O que eu vejo são banhistas e um cão a nadar de regresso à base.

De facto já não havia motivo para sustos. O problema fora ultrapassado. Teria sido falso alarme? Não desfitavam o grupo, com medo que acontecesse mais alguma coisa. Só o Pedro se apercebeu da presença de mergulhadores junto do barco. Desconfiado como estava, achou logo que podiam ser os responsáveis pela mensagem, mas preferiu guardar os comentários para melhor ocasião.

Tony foi o primeiro a chegar a terra. Furioso, desatou num berreiro contra o sobrinho.

— Tu estás doido ou quê? Por que é que te agarraste às minhas pernas? Por pouco não me afogavas!

Sam não respondeu. Sentou-se no chão com a cabeça apertada entre as mãos. O tórax inchava e diminuía como quando se está ofegante.

— Então? Não dizes nada? O que é que tens?

— Não sei — gaguejou por fim. — Acho que

tive uma tontura e agarrei-me a si para não ir ao fundo. Desculpe.

Tony deitou-lhe a mão ao ombro e obrigou--o a levantar a cabeça.

— E agora? Sentes-te bem?

— Sinto. Já passou.

— Pronto, pá. Não se pensa mais nisso. Talvez estejas a precisar de fazer exercício. Se te vais abaixo com um mergulhinho, é porque não estás em boa forma física.

Estendeu-lhe o velho anoraque cujas costas tinham o padrão da bandeira americana e ele aconchegou-o nos ombros como se estivesse cheio de frio.

— Você se calhar deu alguma cabeçada naqueles mergulhadores que andavam por perto — disse o Pedro.

— Mergulhadores? Não vi mergulhadores nenhuns — respondeu ele num tom despropositadamente agressivo. — Com certeza que sonhaste.

— Não sonhei, garanto-lhe. Enquanto você esbracejava, houve dois homens-rãs que «entraram em cena».

Usara as mesmas palavras do papel misterioso com esperança de que Sam acusasse o toque.

Os amigos perceberam perfeitamente o que pretendia e também procuraram descortinar qualquer reacção comprometedora. Infelizmente Tony interpôs-se. Deu o assunto por encerrado e quis ir-se embora.

Que podiam concluir? Nada. Talvez tivesse sido uma tentativa de assassínio, talvez não.

Quanto aos mergulhadores, podiam ser os cúmplices ou dois homens entretidos na caça submarina...

Na verdade, nem sequer havia a certeza de serem homens. Dentro do fato preto, com óculos e barbatanas, as pessoas ficam todas iguais, sejam homens ou mulheres. Só podiam garantir que se tratava de indivíduos altos e esguios. Mas como raramente se vê gente muito gorda e atarracada a praticar desportos náuticos, nem isso servia para os reconhecer noutras circunstâncias. Que raiva!

A raiva persistiu, pois durante o resto do tempo que passaram na ilha Terceira perceberam muito bem que Sam recebia telefonemas secretos e nunca conseguiram interceptar nenhum!

Quando alguns dias depois partiram para São Miguel, Pedro recomendou:

— Mantenham-se alerta.

Capítulo 5

Amor à primeira vista na capital

— Estes arcos eram as antigas portas da cidade de Ponta Delgada — explicou-lhes um dos fotógrafos. — Toquem nas pedras e sintam a força contida numa construção que resistiu a tremores de terra, ataques de piratas, vendavais, e sobretudo à fúria destruidora dos homens. São pedras com duzentos anos!

Tinham chegado na véspera à ilha de São Miguel. Estavam agora naquela linda cidade e um fotógrafo micaelense juntara-se ao grupo. Falava com um leve sotaque engraçadíssimo, em que os «uu» pareciam ter vários «ii» metidos dentro. Mostrava as coisas com grande vivacidade, associando imensas histórias a cada local, o que atraía as pessoas como um íman. Até houve turistas que julgaram tratar-se de uma visita guiada e vieram atrás. O único que escapava ao apelo era Sam. Caminhava sozinho uns metros à frente, de cabeça baixa, como se estivesse absorvido a contar as pedras da calçada.

A certa altura atravessou a rua e entrou numa loja. Demorou-se apenas alguns minutos e quando reapareceu vinha acompanhado de um casal bastante exótico. Eram exactamente da mesma altura. Esguios, de corpo flexível, chamavam a atenção porque vestiam de igual. Traziam um conjunto de calças e túnica em seda amarelo-berrante. Ao pescoço, uma tira de couro com bocadinhos de metal em bruto. Usavam ambos o cabelo comprido preso por um elástico e tinham feições semelhantes. Nariz fino, boca grossa, pele muito lisa. A única diferença residia na cor dos olhos.

Conversaram um pouco com Sam, mas a distância não permitiu que se ouvisse o que diziam.

— A perguntarem o caminho, não estão — murmurou a Luísa. — As pessoas, quando pedem informações sobre ruas, fazem gestos. Reparem que eles falam com os braços caídos ao longo do corpo.

— Têm ar de desportistas — disse o Chico. — Com aquele físico encaixam perfeitamente na figura dos mergulhadores.

— Serão os mesmos do barco?

— Talvez.

— Vou atrás deles para ver se confirmo a existência de ligações com o Sam.

Antes que lhe disputassem a missão, Chico rodou nos calcanhares, atravessou a rua e foi-lhes no encalço. Nunca perdeu de vista as manchas amarelas esvoaçantes, e valeu a pena! Descobriu que estavam instalados no mesmo hotel. Através do porteiro ficou a saber que se chamavam Mário e Sara.

No dia seguinte tiveram uma surpresa bem desagradável logo ao acordar. Não encontraram nenhum conhecido. A equipa desandara para parte incerta, deixando apenas um recado para que se divertissem o mais possível. Noutras circunstâncias, até seria bom ficarem entregues a si próprios, agora assim preferiam andar em cima do acontecimento.

Saíram a passear na marginal, muito cabisbaixos. No entanto, não tardaram a animar, pois viram o casal exótico sentado em cima de uma pilha de sacos. Desta vez a túnica e as calças eram azul-turquesa. Não foi difícil perceber que estavam à espera da camioneta que transportava pessoas para a lagoa das Sete Cidades. Resolveram de imediato tomá-los como pista.

— Vamos também. A camioneta é pública.

— Tentem sentar-se ao pé deles e meter conversa. Se estabelecermos contacto torna-se mais fácil averiguar até que ponto têm alguma coisa a ver com esta história toda.

A aproximação correu melhor do que esperavam. Mário e Sara eram supersimpáticos! Pediram ajuda para enfiar a bagagem na mala da camioneta e falaram com eles como se os conhecessem há muito tempo. Uma única coisa lhes fez confusão: entre si não usavam os nomes verdadeiros, tratavam-se por Marin e Sarin.

Instalaram-se todos juntos no banco de trás. João ficou ao lado da rapariga e deu consigo a ter arrepiozinhos na pele quando o braço ou a perna roçava na seda azul. Ela era linda e tinha uma voz de perder a cabeça.

Mesmo sem querer, reparava em todos os pormenores. Que mãos delicadas, que pulsos tão

60

finos. E as unhas? Cortadas rentes, brilhavam sem terem verniz. Quando ela o olhou de frente e sorriu, sentiu-se fulminado por um raio. Nem foi capaz de perceber o que lhe perguntava. Preso de um encanto desconhecido, ficou imóvel, de boca aberta e expressão apalermada.

A atitude não passou despercebida às gémeas.

— João! — chamaram. — Que é que tens? Estás a dormir em pé?

Ele ficou embaraçadíssimo e para disfarçar ensaiou um longo bocejo.

— Tens sono? — perguntou Sara. — Se quiseres, encosta-te ao meu ombro e dorme.

João baixou os olhos e acenou recusando. Tinha a sensação de que, se chegasse demasiado perto daquela rapariga, perdia o controlo e dava um grito selvagem.

Já rodavam estrada acima quando percebeu o que lhe acontecera.

«Apaixonei-me», concluiu em êxtase, «apaixonei-me à primeira vista por uma mulher mais velha.»

A ideia era duplamente perturbante: experimentava um rebuliço interior, com estranhas manifestações de garganta seca e coração aos saltos. Além disso, nunca entendera bem aquelas coisas. Às vezes os colegas diziam-lhe que estavam loucos por uma professora, por uma actriz da televisão, e ele fazia imensa troça. Como é que era possível gostar de uma mulher mais velha?

«Afinal é», repetia com os seus botões.

De pálpebras semicerradas, nem sentia os solavancos da camioneta. Se lhe perguntassem em que meio de transporte viajavam, responderia sem hesitar: Tapete voador!»

Ignorando o efeito que provocara, Sara falava de si própria e das suas actividades. E Mário ia tomando a palavra de vez em quando para acrescentar detalhes. O que diziam era fascinante.

— Nós pertencemos a uma associação que se dedica ao estudo de civilizações desaparecidas. Por isso é que estamos aqui. Viemos procurar vestígios da Atlântida.

— Vocês com certeza já ouviram contar que as ilhas dos Açores são o que resta de um antigo continente que havia a meio do oceano. Afundou-se por causa de um grande tremor de terra e só ficaram de fora os cumes das montanhas. São as ilhas.

Pedro conhecia a história, mas tomara-a por lenda.

— Lenda? Todas as lendas têm um fundo de verdade. E neste caso até há documentos escritos. As informações mais antigas a respeito dos atlantes têm vinte e cinco séculos e foram dadas por um filósofo grego chamado Platão, que ficou famoso por ser muito inteligente e sabedor.

— Você falou em atlantes? Então quer dizer que essa terra era habitada? — perguntou Luísa, de olhos arregalados.

— Habitadíssima. Os atlantes eram um povo rico e civilizado. Tinham cidades magníficas com templos, palácios, torres, jardins e ginásios. Diz-se que recobriam as muralhas e as estátuas de ouro puro e que fabricavam as jóias com um metal ainda mais precioso que só eles possuíam, o oricalco.

— E desapareceu tudo com um tremor de terra? Morreram todos?

— Quanto a isso, há várias teorias. Há quem diga que se adaptaram à vida no fundo do mar, o que é pouco provável. Há quem garanta que morreram afogados e que os poucos vestígios da sua existência se encontram nas lagoas açorianas. Também há uma versão que inclui sobreviventes. Esses teriam conseguido escapar de barco. Navegando à deriva, espalharam-se pelo mundo e em toda a parte deixaram descendência.

— E sabe-se quem são? Tinham algum traço físico especial?

— Ainda que tivessem, já teria desaparecido com séculos e séculos de casamentos. No entanto, segundo consta, há uma coisa que se mantém.

— O quê?

— Um desejo imenso de voltar...

— Que giro, Mário! Conte mais coisas.

Ele riu-se.

— Agora não dá tempo porque estamos a chegar ao nosso destino.

— Mas podes dizer-lhes dos nomes — sugeriu Sara.

— Diz tu. A descoberta pertence-te.

— Não é nada de extraordinário — explicou. — Encontrei um livro onde estava escrito que na Atlântida os nomes próprios acabavam todos em «rin».

— Ah! Por isso é que vocês se chamam um ao outro Marin e Sarin.

Eles confirmaram com um aceno.

«Sarin», pensou João. «Se eu fosse atlante, chamava-me Joarin...»

Ninguém percebeu por que é que ele corou até à raiz dos cabelos. Joarin soava-lhe a nome de menina! Uma pessoa apaixonada lembra-se de cada patetice!

Quando avistaram a lagoa das Sete Cidades, fez-se silêncio. Sabiam muito bem que eram duas lagoas, uma verde e outra azul. Já as tinham visto em fotografias, postais, prospectos e livros, sempre acompanhadas de um texto elogioso. Mas não há papel nem palavras que possam transmitir uma beleza assim. Que deslumbramento!

Apearam-se, possuídos do mesmo espanto que maravilhou os primeiros povoadores no momento em que descobriram que aquele recanto existia e lhes coubera em sorte.

— É a cratera mais linda do mundo — disse Mário.

Não houve discordâncias. Parecia-lhes era impossível que aquilo alguma vez tivesse sido um vulcão.

— A terra, cansada de cuspir fogo, aquietou--se, encheu-se de água e agora espreguiça-se em boa paz!

Mário e Sara só abriam a boca para dizer coisas invulgares. E eles bebiam-lhes as palavras num enlevo. Se alguém se desse ao trabalho de reparar, verificava que as meninas o ouviam sobretudo a ele, e os rapazes a ela.

— Temos que ter muito cuidado para não perturbar a natureza, senão somos rejeitados —

explicaram. — É importante que o ambiente nos aceite como aceitou as criptomérias.

A mesma expressão de dúvida em todas as caras tornou claro que nenhum sabia que diabo era uma criptoméria.

— São árvores. As árvores da encosta não nasceram aqui. Foram trazidas do Oriente e plantadas com os troncos muito juntos de forma que a folhagem de cada uma se entrelaça com a da vizinha. O sol não atravessa estes maciços de floresta senão em pequenas résteas de luz. Reina grande harmonia no conjunto, portanto podemos concluir que as novas plantas foram bem aceites.

— Vocês falam como se a Terra fosse um ser vivo.

— E é. Por isso procuramos entender-nos com ela.

— Como?

— Levantamo-nos e deitamo-nos ao mesmo tempo que o Sol. Só comemos produtos cultivados no local onde estamos. Usamos sempre roupa leve e larga para captar a energia universal. No Inverno, escolhemos de preferência cores frias e escuras. A partir da Primavera, passamos a usar cores quentes e alegres, mas sempre de um único tom.

— E esse colar que trazem ao pescoço, tem algum significado?

— Tem. São pedacinhos dos vários metais que existem na terra ou no mar. Dão sorte e hão-de ajudar-nos a encontrar os vestígios da Atlântida.

— Antes de levarmos o material para o sítio

onde vamos acampar, é melhor comermos alguma coisa. Querem vir connosco?

Aceitaram o convite e dirigiram-se à única
povoação da zona. Minúscula, com casinhas brancas, não tinha lojas mas tinha um café onde lhes
serviram bolos caseiros deliciosos e refresco.

A seguir foram então para uma península
reboluda que se estendia para dentro da lagoa
azul. Custou a lá chegar porque o equipamento
que transportavam era pesadíssimo. Que levariam
em tantos sacos e mochilas? Esse mistério des-
vendou-se a pouco e pouco. Primeiro apareceu
uma tenda. Ajudaram a montá-la e tomou a forma
de um iglo. Depois ficaram a ver Mário e Sara
retirarem das bolsas os objectos necessários a
quem pratica campismo, mais uma quantidade
inacreditável de tralha: livros, *dossiers*, pinças,
balanças, binóculos, um detector de metais, pên-
dulos magnéticos.

Naquelas coisas não se atreviam a mexer,
portanto instalaram-se no chão com as costas
apoiadas no tronco de uma árvore meio carcomi-
da. Era bom estar ali! Bandos de pássaros enchiam o ar de música breve, na água saltitavam
peixes gordos, ouviam-se rãs coaxar ao longe.

O idílio acabou no momento em que Mário
e Sara saíram da tenda vestidos de mergulhadores. A garganta do João até fez um ruído invo-
luntário.

Já não se lembravam dos motivos que os
tinham levado a seguir o casal. Agora as suspeitas irrompiam de novo e em força. Não falaram
uns com os outros mas trocaram olhares de en-

tendimento. Assim que os viram mergulhar na lagoa, precipitaram-se a remexer nos sacos e mochilas.

Chico enfiou-se na tenda e foi ele quem daí a pouco apareceu consternado.

— Olhem só o que eu encontrei!

Capítulo 6

Surpresas boas e más

Não puderam ver a descoberta do Chico porque ouviram buzinar com insistência. Apareceu um carro e lá de dentro saltou um homem vociferando:

— Ah! Malandros! Seus malandros!

Como estavam a remexer naquilo que não lhes pertencia, concluíram de imediato que ele os observara de longe, possivelmente com ajuda de um binóculo, e decidira intervir para evitar que roubassem.

Equívocos destes são frequentes quando se tem a consciência pesada. A pessoa faz algo que não deve e basta um olhar inquiridor para achar que foi apanhada em flagrante. Afinal não era nada disso. O homem chamava-lhes malandros na brincadeira.

— Então vocês tinham um carro à disposição e preferiram apanhar a camioneta?

— Tínhamos um carro? — balbuciou Pedro.

— Tinham. O vosso amigo mandou alugar este carro com o respectivo motorista, que sou eu. Recomendaram-me que vos esperasse à porta do hotel. Fartei-me de esperar, só me afastei para beber um café. Na volta as excelências tinham desaparecido. Foram uns malandros!

— Como é que soube que estávamos aqui?

— Perguntei. Na marginal há vários cafés e por sorte repararam no grupo. Também não há muitos grupos com duas gémeas iguais... Vamos embora?

— Para onde?

— Tenho ordem para vos levar à outra ponta da ilha. Despachem-se, vá!

Eles hesitaram. Não queriam nada ir sem verem o que o Chico escondera dentro da camisa. E gostariam de voltar a encontrar-se cara a cara com os mergulhadores. O facto de terem resvalado da desconfiança à simpatia e vice-versa provocava-lhes uma razoável confusão de sentimentos.

Interrogavam-se: vamos? Ficamos? A certa altura olharam todos para o Chico. Ele que decidisse, já que era o único a saber alguma coisa de concreto. Mas Chico estava perturbado e incapaz de tomar decisões. Encolheu os ombros, encaminhou-se para a beira da lagoa e, com os dedos enfiados nos cantos da boca, soltou um assobio estridente. Mário e Sara emergiram lá adiante.

— Adeus! — gritou-lhes. — Temos que ir embora! Adeus!

— Até à vista — murmurou o João. — Até à próxima. Tenho a certeza de que nos tornaremos a ver.

Entraram no carro bastante macambúzios.

— Tu que és maior, senta-te à frente ao pé de mim.

71

Chico obedeceu sem pensar. Depois arrependeu-se. Se viajasse atrás podia mostrar aos amigos o que levava escondido, mas assim não. O homem decerto estranharia vê-lo tirar uma coisa de dentro da camisola.

No banco traseiro as gémeas agitavam-se e faziam-lhe sinais. Pedro e João também estavam impacientes.

Não tiveram no entanto outro remédio senão aguardar. Chico observava o motorista pelo rabo do olho, à espera da melhor oportunidade. Só quando o viu muito concentrado no volante é que retirou do peito uma folha de papel. Passou-a para trás, disfarçadamente.

As gémeas pegaram-lhe, ávidas. Quatro cabeças uniram-se a ver. Era a folha de uma revista americana. Ao cimo tinha uma fotografia a cores, por baixo um texto em inglês difícil de entender. Mas a imagem e o título permitiam tirar conclusões.

— Conhecem-se, não há dúvida!

De facto lá estava o simpático casal com outros rapazes e raparigas, todos à roda de Sam e de Tony. Sorriam para a objectiva com ar contentíssimo. Pedro decifrou um número suficiente de palavras e explicou aos outros em voz baixa:

— O Tony deu dinheiro para uma expedição que eles organizaram numa ilhota do oceano Pacífico.

— Nesse caso estão inocentes. Não é costume fazer mal a quem nos ajuda.

De boa vontade teriam concordado com o João, mas as coisas nem sempre são assim tão simples. Quem anda obcecado por um projecto às vezes desvaira. Mário e Sara talvez tivessem enlouquecido Sam com a perspectiva de encontrar o ouro de Atlântida. Talvez quisessem convencê--lo a matar o tio para herdar a fortuna e aplicá--la nas pesquisas. E no caso de ele hesitar, cheio de remorsos, talvez tentassem pressioná-lo à força, com ameaças de todo o tipo.

João deu um suspiro profundo e fechou os olhos. Viajaram em silêncio até à outra ponta da ilha.

— Chegámos — disse o homem. — É já aqui.

O automóvel imobilizou-se diante de uma construção bege.

— Ficam instalados por uma noite neste hotel. O senhor que me contratou vem cá ter mais logo. Vão ver que gostam. Têm surpresas à vossa espera.

— Desta vez nunca decidimos nada — rabujou o Pedro. — Andamos em bolandas conforme os caprichos de um milionário excêntrico que nos manda buscar e levar. Não somos objectos!

A irritação passou-lhe quase no mesmo minuto porque apareceram o *Faial* e o *Caracol*. Tony trouxera-os de Ponta Delgada para que ficassem contentes. Também não esquecera a bagagem. E como resmungar contra um hotel que em vez de uma piscina tinha duas, qual delas a mais original?

A primeira ficava dentro de casa, numa sala redonda com janelas a toda a volta sobre o jardim. Mesmo que chovesse a potes podia-se tomar

73

banho. A segunda era uma espécie de lago enorme ao fundo do parque, onde havia flores e arbustos lindíssimos. A água jorrava directamente de uma fonte natural em grandes golfadas mornas e castanhas.

— São águas férreas — explicou um empregado. — Fazem muito bem à saúde.

Quem resistiria a atirar-se para dentro de um lago morno? Eles não! Daí a pouco nadavam e faziam experiências.

— A água é castanha mas não suja a roupa.

— Tem um sabor esquisito!

— Sabe a ferro! — disse a Teresa, cuspindo um esguicho para cima do *Caracol*.

— Vê lá se ele fica com o pêlo castanho.

— Não fica, não.

— Isto é mais quente que uma banheira!

— Que delícia de banho!

Mesmo sem combinarem, tinham decidido todos a mesma coisa: aproveitarem a pausa e divertirem-se. Como não conseguiam ligar as várias pontas daquela história em que se tinham envolvido sem querer, aguardariam novos acontecimentos.

A espera não foi longa. Nessa noite soou o alarme. Alarme contra incêndios. Uma sirene de silvo agudo acordou toda a gente. Hóspedes e empregados saltaram da cama e precipitaram-se para o jardim, aflitíssimos. Rolos de fumo negro saíam de uma das janelas do rés-do-chão. Lá dentro ouvia-se o crepitar das madeiras a serem devoradas pelas chamas e uma voz quase desumana pedindo socorro.

— É o quarto do Tony! É o quarto do Tony!

— Salvem-no!

O gerente parecia louco e não fazia outra coisa senão berrar:

— O extintor! Quem é que tirou o extintor da parede?

Uma labareda cresceu, arrebatou as cortinas e fez explodir os vidros com grande estrondo. As pessoas recuaram em massa debaixo de uma chuva de estilhaços.

— Ai!

— Ui! Cuidado!

— Os bombeiros! Chamem os bombeiros!

— Já chamei — disse o recepcionista. — Devem estar a chegar.

— Por que é que ele não salta pela janela? — perguntou a Teresa em desespero.

A irmã pôs-se logo aos berros:

— Tony! Tony! Salte pela janela!

— Não pode! Não vês que a janela está em chamas? Com certeza ficou cercado pelo fogo.

O fumo negro engrossava, fazendo tossir a assistência. Dentro do quarto a voz extinguira-se. Por muito que apurassem o ouvido não descortinavam qualquer som.

«Terá morrido sufocado?», pensava o Pedro. «Se calhar morreu...»

Não dizia nada com medo de que ao pronunciar as palavras fatídicas os seus temores se concretizassem.

Entretanto Chico desaparecera escada acima com o gerente. Procuravam ambos um extintor, mas todos os suportes estavam vazios.

— Isto é fogo posto — repetia o gerente com os cabelos em pé. — Anda por aí um doido à solta que quer destruir o hotel. Incendiou o quarto e levou os extintores.

— Mas esqueceu-se deste! — declarou o Chico triunfante. — Está aqui um!

Sem perder um segundo arrancou a botija vermelha da parede e desatou a correr pelo corredor fora. A porta do quarto dava estalidos e tinha uma espécie de moldura faiscante, pois as chamas irrompiam pelas frinchas.

Chico apontou a botija e lançou vários jactos de espuma. Depois deu um pontapé na madeira com toda a violência de que foi capaz. Não cedeu. Preparava novo coice quando apareceu o gerente vindo da cozinha. Trazia dois machados de cortar carne, e pan! pan! pan!, desfez as tábuas à volta da fechadura. A porta soltou-se e abriu-se, provocando a saída de labaredas medonhas, que por pouco não os apanhavam!

Recuaram ambos, meio atarantados. Mas o Chico não perdeu o sangue-frio. Carregou no mecanismo e com um rasto de espuma abriu caminho até à cama. Não estava lá ninguém!

— Tony! — berrou.

A resposta veio da casa de banho.

— Estou aqui! Estou aqui!

Barricara-se no único compartimento onde havia água com fartura. Tinha aberto as torneiras e aguardava os seus salvadores com uma toalha encharcada enrolada à cabeça.

Ajudaram-no a sair.

Do lado de fora já se ouviam os bombeiros

atarefados no combate às chamas. O chefe perguntava:

— Há alguém lá dentro? Há alguém lá dentro?

À volta dele levantou-se um coro de vozes discordantes:

— Sim! Sim!

— Não! Não!

Mangueiras varriam a fachada com jactos certeiros e possantes. Na dúvida, tinham encostado uma escada *magirus* para tentarem retirar do quarto o possível ocupante.

— Não vale a pena irem lá porque nós já salvámos o hóspede que estava em perigo.

Viraram-se todos para o gerente, mas não o reconheceram logo. Tinha a roupa num estado miserável, o bigode chamuscado e a pele coberta de fuligem. Chico também parecia saído de uma carvoaria. Tony cambaleava e oferecia um espectáculo estranho, porque fora salvo de um incêndio e vinha ensopado em água! O pijama às riscas e a toalha aos ombros pingavam.

— O meu sobrinho? — perguntou combalido. — Onde está o meu sobrinho Sam?

Sam não aparecia em parte nenhuma.

Capítulo 7

As aparências iludem

A seguir foi tudo muito rápido. Os bombeiros declararam tratar-se de fogo posto. Havia vestígios de gasolina entornada em círculo à volta da cama. O desaparecimento dos extintores confirmava a suspeita. Chamou-se a polícia, e ainda o Sol não se tinha levantado começaram os interrogatórios.

Vários agentes vigiavam as saídas para que ninguém abandonasse o local. As pessoas foram ouvidas uma a uma na sala do pequeno-almoço. Aguardavam vez cá fora e formavam um conjunto que seria cómico noutras circunstâncias. Como tinham saído da cama num rompante, traziam as indumentárias mais estapafúrdias. Um senhor que dormia sempre em cuecas embrulhou-se na colcha às flores e parecia mascarado. A mulher, com rolos na cabeça e um vestido por cima da camisa de noite, resmungava para a deixarem ir mudar-se. Uma turista alemã equilibrava-se mal entre a chinela do pé direito e o sapato de salto alto do esquerdo.

Sam foi o último a juntar-se ao grupo. Justificou-se por não ter aparecido mais cedo dizendo que tomara um comprimido para dormir muito forte.

— Julguei que o barulho era... um pesadelo — gaguejou —, um pesadelo horrível.

Por muito que se esforçasse, não conseguia disfarçar o ar comprometido e aflito. Estava pálido, tremiam-lhe as mãos e evitava olhar o tio de frente.

Instaladas a um canto, as gémeas observavam-no.

— Depois disto, temos que contar o que sabemos — decidiram. — Agora já acreditam em nós.

Os amigos concordaram:

— De qualquer forma é melhor combinarmos o que vamos dizer, senão entramos em contradições e parece mentira.

— Não creio que possa haver contradições. Sabemos todos o mesmo!

— Mas há muita maneira de contar a mesma coisa. Ora diz-me cá, começas por onde?

As opiniões dividiram-se. Uns preferiam falar primeiro na mensagem, outros na tentativa de afogamento, e nem sequer estavam de acordo quanto à folha da revista americana. Deveriam mostrá-la ou não?

O desfecho antecipou-se. Um jardineiro vira um vulto saltar pela janela imediatamente antes de irromperem as chamas. A meio da noite não lhe fora possível reparar nas feições da pessoa, mas podia garantir que era um homem envergando um anoraque com a bandeira americana estampada nas costas!

Sam não negou que esse anoraque lhe pertencia mas não conseguiu apresentá-lo à polícia, pois afirmava ter-lhe desaparecido do armário não sabia como. Também não conseguia explicar por que motivo havia um monte de extintores escondido debaixo do arbusto que lhe enfeitava a janela do quarto.

Foi preso ao amanhecer.

— Levamo-lo para a esquadra para ser ouvido lá.

Tony de início não queria acreditar. Depois caiu num abatimento profundo.

— O meu sobrinho! Que desgosto! Isto só pode ser por causa do dinheiro. As pessoas, quando sentem o cheiro da massa, transformam-se em monstros!

Como não podia deixar de ser, veio à baila a história da tentativa de afogamento.

— Eu devia ter desconfiado. Sou um idiota, um perfeito idiota. Agarrou-se-me às pernas, puxou-me para o fundo, e acreditei que era uma tontura. Até fiquei preocupado. Que estúpido!

— A culpa também foi nossa, sabe? — disse a Luísa. — Na véspera tínhamos descoberto uma mensagem esquisitíssima. Não falámos no assunto porque tivemos medo que não acreditasse em nós.

Virando-se para o Pedro, lembrou:

— Tu é que guardaste os bocados de papel. Mostra lá.

Pedro enfiou a mão no bolso dos *jeans*, rebuscou com dificuldade porque lhe estavam justos e acabou por retirar várias farripas envoltas em cotão.

— Desfez-se!

O milionário seguia a operação sem lhe dar grande importância. Curvado sobre si mesmo, com os olhos tristes e baços, pouco ligou aos vestígios da mensagem.

— Vou tomar medidas drásticas — afirmou como se falasse sozinho. — Não quero que mais ninguém tente matar-me por causa da fortuna. Desta vez foi o Sam, mas podem aparecer outros gananciosos com pressa de pôr a pata no que é meu.

Ao ouvir aquilo, Pedro consultou os amigos com o olhar. Eles encorajaram-no fazendo leves trejeitos com a cabeça. A expressão de todos dizia: «Fala! Fala nos cúmplices.»

Antes de o fazer aconchegou os óculos no nariz e tossiu para aclarar a voz.

— Escute, Tony. Nós estamos convencidos de que o Sam tem dois cúmplices...

Ele não reagiu. Continuava absorto, de pálpebras semicerradas.

— Ah! Sim? — foi a resposta distraída. Se calhar nem registara a informação.

Nesse momento viram Mário e Sara aparecer junto à vidraça que separava a sala do jardim. Acenaram da forma mais amistosa que imaginar se possa, deram a volta e entraram.

Vinham vestidos de seda cinzenta, muito brilhante, e era como se transportassem consigo um pedaço da atmosfera exterior, porque lá fora o dia levantara-se tão carregado e cinzento como as túnicas esvoaçantes.

Aproximaram-se de Tony, abraçaram-no com muito carinho e foram explicando naquela voz quente, entorpecedora:

— Ouvimos a notícia na rádio. Viemos logo para cá. Pensámos que precisasse de apoio.

A presença de ambos transformava tudo. Irradiavam paz, serenidade, envolvendo os outros com uma espécie de poder hipnótico. João derretia-se, e não era só ele. Os rapazes seguiam a trajectória de Sara, embevecidos. Tony, embora muito mais velho, não escapava ao fascínio. Quanto às gémeas, não desfitavam Mário.

— Não desanime — disse ele muito sério. — As aparências iludem. Sam pode estar inocente.

— Pois pode — acrescentou ela. — Lembre-se de que até perante a lei todo o homem é inocente enquanto não se provar que é culpado.

Tony lançou-lhes um olhar esperançoso. Era tão bom que fosse tudo um equívoco e pudesse continuar amigo do sobrinho...

— Às vezes de facto as aparências iludem — murmurou num tom bastante frouxo —, mas neste caso... não sei.

Sentindo que a dúvida se insinuara, Mário aproveitou para lembrar as facetas positivas de Sam, os momentos agradáveis que tinham passado juntos. Recordou a forma simpática como os recebera quando tinham pedido dinheiro para as expedições no Pacífico, o entusiasmo pelas histórias relacionadas com a Atlântida e até o

84

encontro da véspera em Ponta Delgada, que afinal não tinha mistério nenhum.

— Ficámos tão contentes quando encontrámos o seu sobrinho na rua! Naquela altura estávamos com pressa porque tínhamos de ir receber um telefonema, mas pedimos-lhe que não se fosse embora da ilha sem falar connosco. Queríamos imenso fazer-lhe um relato sobre as nossas descobertas mais recentes.

Pedro trocou um olhar rápido com os amigos e eles ergueram as sobrancelhas como quem hesita. Deveriam manter as desconfianças a respeito daquele par? Todos preferiam pô-las de parte, mas nunca se sabe.

— Vocês estão exaustos — disse o Mário. — Proponho que vão dormir um bocado enquanto nós damos uma volta por aí. Depois do almoço juntamo-nos para um passeio, está bem?

A ideia sorriu-lhes. Sentiam-se tontos, ansiosos por estender o corpo, fechar os olhos e não pensar em nada.

Encaminharam-se para os quartos e daí a pouco dormiam profundamente. Profundamente mas com sonhos esquisitos em que entrava muita gente fazendo coisas sem nexo.

Quando mais tarde se dispuseram a partir para o tal passeio, não se pode dizer que fossem muito animados. A surpresa, porém, varreu todas as preocupações. Nunca na vida tinham estado num sítio como aquele!

Era um vale estranho, onde a terra parecia viva porque o chão emitia ruídos surdos. Aqui e além charcos de lama ferviam, borbulhavam, expelindo nuvens de vapor ora muito finas ora tão grossas que as pessoas mais próximas desapareciam envoltas numa cortina gasosa. Cheirava a enxofre. Centenas de pássaros cantavam, acompanhados pelo gotejar alegre de vinte e duas fontes, cuja água era fria, morna ou quente.

Maciços de verdura aconchegavam o vale num abraço amigo. Por toda a parte irrompiam tufos de flores vermelhas e brancas.

«Isto é uma experiência mágica», pensava a Luísa, de novo arrebatada pelo desejo de escrever, agora versos, versos lindos sobre o que a rodeava.

O coração da Terra
Espreita cá para fora
Estou maravilhada
Não quero ir embora.

— O que é que estás a dizer? — perguntou-lhe o Mário.

Ela disfarçou.

— Nada, nada.

— Estavas a fazer versos, que eu ouvi. Por que é que tens vergonha? Não precisas de reprimir os teus sentimentos. Na verdade, nem deves, sobretudo aqui no vale das Furnas, onde há uma comunicação perfeita entre os quatro elementos da natureza. Uma pessoa sensível reage, mesmo que não queira.

Falava baixinho, quase num sopro, e os olhos brilhavam como duas estrelas. Luísa estremeceu,

contente por se sentir compreendida. Os amigos tinham-se afastado, atraídos pelos outros charcos de lama roncante, e ela ficara com o Mário só para si. Que bom!

Escutava-o imóvel, e ele falava, falava, dando explicações fantásticas sobre o que viam.

— Os elementos da natureza são quatro: água, fogo, terra e ar. Aqui neste preciso local unem-se num diálogo contínuo. Repara que o fogo do interior da terra vem à superfície e solta rugidos, a água brota em estado líquido e gasoso, o ar acolhe os parceiros e envolve-os com amor. Não sentes uma grande paz?

Com medo de quebrar o encanto, respondeu apenas com um leve aceno de cabeça. Mário baixou ainda mais a voz.

— Estas lamas ferventes são fenómenos vulcânicos e até têm nome: fumarolas. Mas há quem diga que comunicam com a Atlântida submersa, onde se erguem cidades protegidas por cúpulas de vidro muito resistentes. A única abertura são as fumarolas. Servem de chaminé. Um dia os atlantes hão-de regressar trazendo consigo belas jóias de oricalco...

Luísa inspirou fundo e deixou-se envolver pelo jacto de vapor com a sensação bizarra de que podia mergulhar de cabeça na lama quente sem sofrer uma beliscadura. Percorreria o mundo por dentro. Um outro mundo, povoado de seres fantásticos! Fechou os olhos para saborear melhor as imagens que lhe invadiam a mente. Quando voltou a erguer as pálpebras quase desmaiou. Na sua frente não estava Mário mas sim um homem baixinho, gorducho, de mãos sapudas. Tinha a cara redonda coberta de sinais. Sorriu-lhe e depois tufou as bochechas como se fossem balões, de modo que os sinais dançaram sobre a pele.

Ela recuou dois passos e deu um berro:

— Aiii!

— Que foi? Assustei-a?

O grito atraiu os companheiros, que acorreram inquietos.

— Aconteceu alguma coisa? — perguntaram.

— Não aconteceu nada — disse o homenzinho, tufando de novo as bochechas. — A vossa amiga estava distraída e quando me viu aparecer assustou-se. Mas não há razão para isso.

Estendeu a mão a Tony e anunciou:

— Eduíno Amaral, um detective às suas ordens.

Capítulo 8

Um homem curioso

Que personagem desconcertante era aquele detective! Tudo na sua pessoa funcionava ao contrário do que é habitual. A roupa parecia acabada de passar a ferro e não se engelhava apesar dos movimentos frenéticos de braços e pernas. O que se engelhava e esticava constantemente era a boca e as bochechas, cuja pele tinha uma elasticidade de fazer inveja a qualquer rã. Figura cómica? Só por fora, já que o raciocínio era de grande rigor e de clareza total. Não esperou que ninguém lhe fizesse perguntas e alargou-se em explicações a respeito da missão que lhe fora confiada:

— Encarregaram-me de investigar o crime de fogo posto e tentativa de homicídio. Antes do mais, quero sossegá-lo. O seu sobrinho está inocente.

— Tem a certeza?

— A certeza absoluta. Eduíno Amaral não faz afirmações sem ter provas do que diz.

Orgulhoso como todos os indivíduos que se referem a si próprios na terceira pessoa, deu largas ao tique de «tufa bochecha» antes de prosseguir:

— Verifiquei os elementos significativos um

por um. Em primeiro lugar, o suspeito não tinha o mínimo vestígio de lama nos sapatos. Ora se fosse ele a sair pela janela e a correr sobre os canteiros, as solas indicá-lo-iam.

Pedro estranhou. E se tivesse mudado de sapatos?

— Duvidas, caro amigo? — inquiriu o detective como se lhe lesse o pensamento. — Não negues. Basta olhar para ti para ver que és um rapaz inteligente. A expressão traiu-te. Pensas que o homem podia ter calçado outros sapatos? Pensas bem. Mas não o fez. Verifiquei todos os pares. Além disso, há outras provas. Não havia vestígios de combustível em nenhuma peça de roupa, em nenhum recanto do quarto e nem sequer no corpo. Acontece que a gasolina penetra na pele e mesmo quando o cheiro já desapareceu é possível encontrar partículas minúsculas. Posso garantir que as mãos do seu sobrinho estavam imaculadas. Limpas em todos os sentidos!

Consciente do sucesso que fazia, não se deu ao trabalho de esconder o sorrizinho triunfal.

— Há ainda um facto importantíssimo. Descobri pegadas frescas no jardim e segui-as. Alguém que tem pés mais pequenos do que o seu sobrinho fez um longo percurso pelo jardim até um jipe que partiu a toda a velocidade. Sei-o, devido ao rasto dos pneus. Caro senhor, há que procurar o verdadeiro culpado. Diga-me cá, tem inimigos?

— Um homem como eu tem sempre inimigos, mas não estive envolvido em nenhum conflito que justificasse virem até aqui para me matarem.

— Então diga-me: quem beneficiaria com a sua morte?

— O meu sobrinho.

— Esse está fora de causa, portanto faço-lhe outra pergunta. Tem sócios?

— Tenho dois sócios nuns restaurantes da Califórnia. Tudo o resto é só meu.

— Esses indivíduos teriam algum motivo para o matar?

— Que eu saiba, não. Além disso não estão nos Açores, estão na América.

— Tem a certeza?

— Ora essa, então eu não os conheço? Se andassem por aí já os tinha visto. As pessoas não costumam circular de cara tapada.

Tony enervava-se. Pouco habituado a ter contrariedades, reagia de forma colérica e quase malcriada. O detective esforçava-se por desempenhar a sua tarefa o melhor possível, e ele, em vez de colaborar na procura de uma pista que evitasse novos atentados, exaltava-se e respondia-lhe torto.

— Sabe o que lhe digo? O mais certo é tratar-se de um louco que resolveu pegar fogo ao hotel. Entrou no meu quarto como podia ter entrado noutro qualquer do rés-do-chão. Devo ter deixado a janela aberta. Foi um acaso infeliz.

Mário aproveitou para se imiscuir na conversa:

— Neste momento devíamos pensar sobretudo no Sam. Foi acusado de um crime que não cometeu e não há nada que faça sofrer mais do que a injustiça.

— Tens toda a razão — disse Tony muito sério. — Vou procurá-lo a Ponta Delgada e é já.

— Quer companhia?

— Não. Depois de uma destas, acho melhor encontrarmo-nos sozinhos. Faço questão de lhe pedir desculpa por ter duvidado dele. Vocês aparecem mais tarde e agradeço-lhes que ponham uma pedra sobre o assunto. Finjam que não aconteceu nada.

O detective, que nem por sombras acreditava na hipótese do acaso, bem gostaria de o deter. Mas como? Tony não era pessoa a quem se pudesse dar ordens. A única solução era segui-lo. Despediu-se portanto e lá se foi.

Eles ficaram a ver os carros afastarem-se, um pouco atordoados. Tinham acontecido coisas de mais em pouco tempo. Mário e Sara cortaram o silêncio. Tal como de costume, falavam a duas vozes e o que diziam era correcto, oportuno e acima de tudo original.

— Gostaríamos imenso de ir convosco para ajudar a construir um ambiente de reconciliação, mas temos que voltar ao acampamento, onde deixámos as tendas e o material.

— Vocês também não precisam de ajuda. São um grupo especialíssimo porque cada um possui qualidades diferentes que se completam entre si. Formam um campo magnético cheio de força, que se projecta nas outras pessoas. Quem lida convosco pode ter consciência disso ou não, mas acaba por sofrer influências positivas.

— É a força da amizade.

Embora nunca nenhum deles tivesse definido o grupo naqueles termos, estavam plenamente de acordo. E radiantes, diga-se de passagem. Que orgulho!

— Quando a amizade sofre um abalo, fica tão danificada como as plantas que um vento forte derrubou. Para que tornem a ganhar vida é necessário proceder com jeito, delicadeza, carinho.

— O Tony e o Sam ainda se conhecem há pouco tempo, precisam de apoio. No meio do vosso grupo tão unido será mais fácil entenderem-se.

Sara pousou o braço no ombro do João, o que deixou o rapaz varado. Nem ouviu bem as sugestões surpreendentes que ela fez em seguida. Muito direito, com os músculos tensos, sentia de novo os arrepiozinhos emocionantes que o tinham atacado na camioneta. Foi preciso concentrar-se para perceber a frase.

— Comam ananás. Convençam-nos a comer ananás à sobremesa.

Os outros estranharam e fizeram perguntas, mas ele não. Aquelas palavras ditas assim tão próximas soavam-lhe a palavras de amor. Sara tinha um contacto macio e cheirava a fruta fresca...

— Acha que a sobremesa pode contribuir para que duas pessoas façam as pazes? — perguntou Chico.

— Claro que pode. Lembra-te de que eles estão magoados, ofendidos. Viveram uma experiência brusca e ácida. De que precisam então?

De coisas doces e que tenham crescido com todo o vagar. Sabem que os ananases demoram dois anos a ficar maduros?

— Além disso nascem nesta ilha. São criados em estufas por pessoas cuja profissão passa de pai para filho. Não há nada melhor para acalmar gente em conflito!

Não saberiam dizer se acreditavam ou não na magia da planta sumarenta, mas tinha tanta graça! As gémeas imaginaram-se a apresentar aos pais notas fracas a matemática juntamente com uma taça onde boiariam pedaços de ananás. Chico, apesar de pouco dado a divagações, sorriu pensando no que seria um jogo de futebol em que o árbitro reagisse às vaias lançando sobre a assistência rodelas de ananás para acalmar os ânimos...

Não havia dúvida de que aqueles indivíduos desencadeavam pensamentos bem fora do vulgar. Separaram-se com pena e voltaram-se para trás muitas vezes a dizer adeus. Ao longe, Mário e Sara confundiam-se com a atmosfera carregada de nuvens cinzentas. Só João descortinava ainda o estranho brilho nos olhos de Sara. Devia ser aquela a cor do oricalco!

☆

Nessa noite não houve magnetismo, nem delicadeza, nem fruta que lhes valesse. Jantaram num bom restaurante mas o ambiente continuou tenso, embora todos se esforçassem por o aligeirar. O único momento de descontracção foi quando apareceu um conjunto de música ao vivo. Desse grupo fazia parte o detective Eduíno Amaral. Tocava trompete! Assim se explicava portanto não só o tique como a incrível elasticidade das bochechas.

Terminada a refeição, Tony resolveu ir para a cama. Talvez uma noite bem dormida ajudasse a desanuviar. Eles não tinham sono e preferiram dar uma volta pela cidade. O ar quente e húmido, ameaçando chuva que não vinha, pareceu-lhes opressivo. Sam acompanhou-os em silêncio.

Sentaram-se numa esplanada da marginal convencidos de que se aborreceriam de morte. Tinham-se comprometido a não falar no incêndio na presença de Sam, mas como todos, ele inclusive, só pensavam nisso, não conseguiam falar em mais nada.

A diversão acabou por surgir quando dois marinheiros bêbados entraram no café. Cambaleavam e empurravam-se um ao outro entre gargalhadas e insultos. Pelo caminho derrubaram uma mesa, entornaram garrafas, meteram os dedos numa chávena de chá. Um empregado tentou afastá-los, ajudado por vários clientes, mas eles esquivaram-se e puseram-se a cantar em altos berros.

As senhoras resmungavam, queixando-se dos barcos estrangeiros que ancoravam no porto.

— Os comandantes não deviam dar tanta liberdade aos marinheiros!

— Se não se sabem comportar, que fiquem a bordo!

O dono do café apareceu, tentando resolver o

assunto a bem. Foi recebido com risos de chacota e não escapou a um valente encontrão. Chico levantou-se. Se ia haver briga, queria estar preparado. Não chegou a ter oportunidade de distribuir murros porque os homens desataram a correr entre as mesas. Roubaram bolos, despentearam uma rapariga, segredaram parvoíces ao ouvido de cada um e foram-se embora balançando o corpo como se estivessem no alto mar.

Toda a gente ficou reclamando contra os desordeiros. Toda a gente menos o Pedro. Muito pálido, balbuciou apenas:

— O melhor é pagar a conta e ir andando. Estou... cheio de sono.

Por trás dos óculos piscou o olho aos amigos como quem diz: «Tenho novidades.»

Capítulo 9

Passeio nocturno

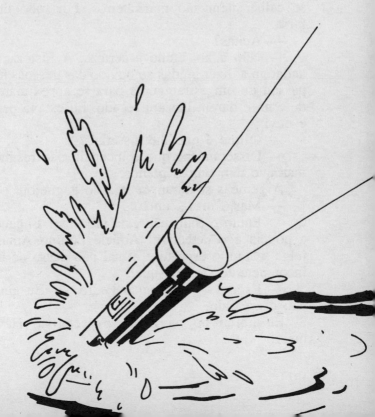

Assim que ficaram sozinhos, Pedro soltou a língua:

— Aqueles homens não estavam bêbados e se calhar nem são marinheiros. Foi tudo uma farsa.

— Achas?

— Não acho, tenho a certeza. A história de andarem a dizer piadas ao ouvido das pessoas não passou de um estratagema para se aproximarem do Sam e darem-lhe um recado. Eu estava perto e ouvi.

— O que é que lhe disseram?

— Disseram-lhe que o incêndio não resultou mas que têm outros planos.

A gémeas sentaram-se e João gaguejou:

— Mas... mas... então...

— Então o Sam não está inocente! Enganou a polícia e o detective! Aquele Eduíno Amaral julga-se muito esperto e afinal não passa de um incompetente. Temos que...

— Espera — atalhou o Pedro. — Eu ainda não disse tudo.

Encararam-no na maior expectativa. Havia mais?

— Enquanto um dos falsos marinheiros roubava bolos para chamar a atenção sobre si, o outro deu um recado bem concreto ao Sam.

— Que recado? Vá, Pedro, não faças mistério.

— Marcou-lhe encontro no porto esta noite.

Impulsivo como sempre, Chico deu um salto e perguntou:

— Nesse caso, de que é que estamos à espera? Vamos para lá imediatamente.

— Calma, pá. Isso não é assim. Queres ir a correr para o cais fazer o quê?

— Espiá-los. Se possível ouvir o que dizem para saber o que combinam e poder estragar-lhes os planos.

— Está bem. Mas há que pensar na melhor maneira. À noite a zona do porto fica deserta, só circulam marmanjos que bebem de mais e às vezes têm armas. Há que tomar precauções.

— A melhor precaução chama-se *Faial*. Vamos buscá-lo ao canil do hotel e pronto!

Pedro não concordou inteiramente. A presença do *Faial* tinha importância mas não resolvia todos os problemas. Seria necessário pensar um pouco. Não conheciam o cais. Além disso, eram cinco pessoas. Se avançassem à toa davam nas vistas e lá se iam as hipóteses de espiar fosse quem fosse!

Como ninguém parecia ter-se dado conta dessas dificuldades suplementares, deixou-se ficar sentado num muro enquanto eles iam buscar o cão. Entretido a arquitectar um esquema, não sentiu o tempo passar. Os amigos regressaram sozinhos.

— Nada feito — disse a Teresa. — O canil está fechado à chave. O empregado que tem a chave só entra de serviço amanhã de manhã e mora longe.

— Este «passeio nocturno» é bastante arriscado!

— Querem desistir?

Na verdade não queriam. Não tinham por hábito virar costas à aventura e, mesmo faltando o cão, sentiam-se protegidos pelo facto de serem um grupo. Chico deu voz ao que todos pensavam:

— Cá por mim, ia até ao cais como quem passeia. Se virmos gente com mau aspecto e nos parecer que corremos riscos, piramo-nos. Caso contrário, ficamos à espreita a ver se o Sam aparece. Nos portos nunca faltam esconderijos. Há sempre caixotes, fardos empilhados, contentores de metal. Talvez seja possível escondermo-nos muito bem escondidos e ouvir o que dizem. Que acham?

— Perfeito!

— Então força!

— Cais de Ponta Delgada — aqui vamos nós!!

O caminho pareceu-lhes infindável, tal era a ânsia de chegarem. Àquela hora não havia movimento nas ruas e na maior parte das casas já se tinham apagado as luzes. A noite estava escura, com o céu carregado de nuvens baixas. Não seria de admirar se chovesse. O mar tamborilava nos cascos dos navios e no pontão que lhes servia de ancoradouro. As cordas e as madeiras rangiam. O vento, ao tomar conta de todos esses ruídos nocturnos, transformava-os numa sucessão de queixumes e suspiros abafados, como se uma multidão aflita gemesse debaixo de água.

«Que ambiente sinistro», pensavam.

Tinham a roupa colada ao corpo devido ao esforço da caminhada e ao ar húmido que os envolvia. Uma neblina cada vez mais espessa ia descendo sobre o cais.

A luz súbita de uma lanterna desenhou um círculo pálido ao longe.

— Escondam-se — ordenou o Pedro em voz baixa. — Vem ali alguém.

Agacharam-se atrás de um contentor metálico com o coração em alvoroço. Não conseguiam ver nada mas ouviam passos ressoar no lajedo.

— Estão a aproximar-se.

— Não, estão a afastar-se.

O nervoso fazia-os confundir as batidas dentro do peito com os ruídos do exterior.

— É só um homem.

— A mim parecem-me mais.

— Schut! Caluda!

Chico espreitou por uma nesga entre caixotes que cheiravam a peixe. Suspensas no nevoeiro, dançavam agora duas luzes. E já estavam relativamente perto. Seguiram em frente e deixaram de se ver, ocultas por uma pilha de sacas.

Chico deslizou para fora do esconderijo cosido ao chão. Um murmúrio de vozes indicava-lhe o paradeiro das lanternas e ele queria ir espiar. Não era para isso que ali estavam?

Receando que lhe acontecesse alguma coisa, Pedro tentou segurá-lo por uma perna. Tacteou à volta mas ele já lá não estava. Que fazer? Chamá-lo seria inútil e perigoso.

— Este tipo é louco! Este tipo é louco!

— Que foi? — perguntaram as gémeas num sussurro.

— O Chico. Saiu daqui. Vou atrás dele para o caso de haver azar.

— Nós também vamos.

— Fiquem quietas ao pé do João. Se for preciso, cobrem-nos a retaguarda.

Esgueirou-se também, deslocando-se de cócoras entre fardos e sacaria. O amigo estava um pouco adiante à escuta e fez-lhe sinal. Juntaram-se. Dois vultos masculinos passeavam de um lado para o outro. De vez em quando trocavam umas palavras e imobilizavam-se na atitude de quem espera.

— Serão os tais?

— Não sei. O melhor é aguardar para ver se o Sam aparece.

Ainda o Pedro não tinha acabado a frase, apagaram-se as lanternas. Não se atreveram a fazer comentários com medo de serem ouvidos, mas era tarde de mais. A brisa levara até aos marinheiros a palavra «Sam». Pensando ir encontrá-lo, aproximaram-se e deram de caras com os rapazes. Preparavam-se para os agredir quando o Chico se ergueu de rompante e zás! — enfiou uma cabeçada no queixo do homem mais próximo, que caiu desamparado com um uivo de dor. A lanterna foi projectada e fez uma trajectória em arco até cair na água. Ploff!

O outro reagiu. Começou por um murro no nariz do Chico. O sangue jorrou em esguicho, obrigando-o a levar a mão à cara. No mesmo instante Pedro investiu de punhos cerrados mas foi rasteirado e caiu também. Num abrir e fechar de olhos viram-se enrolados numa massa de braços e pernas que rebolava para cá e para lá no meio de grande gritaria.

— Gémeas! João! Vão buscar ajuda! — berrou o Pedro. — Depressa!

A ordem foi prontamente obedecida. Dispararam que nem setas a correr pelo cais. João tomou a dianteira. Inclinado para a frente, controlava a respiração como lhe tinham ensinado no atletismo e distanciou-se. Por isso é que não viu um matulão cheio de tatuagens barrar o caminho às gémeas. E elas mal tiveram tempo de soltar um ai. O homem agarrou-as e deu com a cabeça de uma na cabeça da outra.

O embate foi tão violento que as pobres quase desmaiaram. Sentiram que as erguia no ar e... de repente mergulharam na mais completa escuridão! Um estrondo metálico fez vibrar tudo em volta. Depois, silêncio. Silêncio e falta de ar.

— Onde é que estamos? — perguntou Teresa meio atordoada.

Luísa passeou os dedos em redor. Que estranho! Parecia-lhe a textura do cartão.

— Achas que nos meteram numa caixa?

— Não pode ser. Nunca vi embalagens onde coubéssemos as duas tão à vontade.

— Espera! Eu tenho aqui no bolso uma carteirinha de fósforos que estava no quarto do hotel. Vou acender um.

A chama minúscula irrompeu, elas pestanejaram e no mesmo instante ficaram em pânico. Estavam fechadas num contentor!

— Socorro! — gritaram a uma só voz.

De pouco lhes serviu. As muitas caixas de cartão empilhadas à sua volta abafavam o som. Não havia a mínima hipótese de serem ouvidas pelos amigos que continuavam à bulha vários metros adiante e muito menos pelo João, que já ia longe. Nunca abrandara o passo e corria à doida, com pingos de suor a escorrer-lhe da testa para dentro dos olhos, o que tinha como efeito ver tudo desfocado.

De súbito estacou. Um automóvel acelerava direito a ele com os faróis acesos.

— Vou morrer! Vou morrer atropelado!

O medo paralisou-lhe os movimentos. Não conseguia controlar um único músculo, nem sequer as pálpebras. Arregalado de pavor, esperou o choque. Guiiiiinch... chiaram os travões. O carro imobilizou-se a poucos milímetros e lá de dentro saltou nem mais nem menos do que o detective Eduíno Amaral.

— Tu?! O que é que tu estás aqui a fazer?

Fez um esforço medonho para se explicar mas não conseguiu senão pedir:

— Salve-nos! Ajude-nos! Os meus amigos estão a ser espancados...

Ele não perguntou mais nada. Meteu-se no carro com o João e arrancou buzinando sem parar. Os faróis ao máximo iluminavam o caminho.

— Olhe ali! Olhe ali!

Três homens fugiam a sete pés.

— Siga-os!

Eduíno deu uma guinada ao volante para o lado direito mas foi obrigado a dar outra para o lado esquerdo porque Pedro e Chico surgiram-lhe pela frente de braços levantados. Apresentavam-se num estado miserável, cara ensanguentada, roupa em fanicos, cabelo em desalinho.

— Vocês? Ainda me matam de susto. Que vem a ser isto?

João abraçou os amigos, rindo descontroladamente. Eles corresponderam, para desespero de Eduíno, que queria explicações.

— Calma. Nós já contamos tudo — disse Pedro. — Onde estão as gémeas?

— Não sei. Vinham a correr atrás de mim quando íamos procurar ajuda.

— Então devem ter regressado à cidade. O melhor é procurá-las porque aqui não estamos a fazer nada. Vocês enxotaram os «melros»...

A expressão era elucidativa. Eduíno decerto não viera ao cais a meio da noite por acaso. Seguia portanto a mesma pista. Mas como obtivera ele as informações necessárias?

— É melhor irmos embora, sim. Nós temos muito para contar e o senhor também.

☆

Dentro do contentor as gémeas apuraram o ouvido. Os sons chegavam-lhes muito esbatidos. No entanto, quase podiam garantir que estava ali um carro. Um carro que de novo se punha em marcha.

— Socorro!!

Já quase não tinham voz.

Em desespero, deram vários murros nas paredes de metal. Pan! Pan! Pan! Ninguém ouviu. Também tentaram arrombar a tampa, sem qualquer êxito, pois estava trancada pelo lado de fora.

— Tirem-nos daqui! — berrava a Luísa. — Tirem-me daqui senão sufoco!

Vendo a irmã tão descontrolada, Teresa esforçou-se por não perder a lucidez.

— Espera, Luísa. Mantém a cabeça fria. Vamos abrir as caixas de cartão. Talvez contenham ferramentas.

Um lampejo de esperança precipitou-as sobre as tiras de fita-cola que selavam a mercadoria. Puxa aqui, repuxa dali, rasp... a fita despegou-se. Com gestos frenéticos arrancaram as badanas e oh!, desilusão! Em vez de ferramentas encontraram toalhas. Lindas toalhas de mesa bordadas à mão.

E o pior não foi isso. Acendendo fósforos sucessivos, Teresa conseguiu ler o que estava escrito nas caixas. Aquela mercadoria destinava-

-se a ser enviada para a América. Se o carregamento fosse feito muito cedo e não as encontrassem até lá, seriam exportadas para Boston juntamente com bordados dos Açores!

— A viagem é longa. Morremos com certeza com fome e com falta de ar.

— Socorro!

Capítulo 10

Faro canino

As gémeas não apareciam em parte nenhuma! Já tinham percorrido o caminho entre o cais e o hotel várias vezes. Chegaram mesmo a ir bater à porta do quarto, embora fosse absurdo pensar que estavam deitadas.

As horas iam passando, e nada! Teresa e Luísa pareciam ter levado sumiço.

Quando raiou o dia, entraram em desespero. Já nem diziam coisa com coisa.

O detective tentou ajudá-los a reconstituir os factos.

— Qual de vocês foi o último a vê-las?

— Eu — disse o João. — Vinham a correr atrás de mim.

— Tens a certeza de que não te ultrapassaram?

— Tenho.

— Nesse caso tudo indica que continuam no cais. E talvez não nas melhores circunstâncias...

— O que é que quer dizer com isso? — perguntou o Chico.

Eduíno Amaral respirou fundo e fez inchar as bochechas duas vezes seguidas, como se tomasse fôlego para dar início a uma sessão de trompete.

Mas na verdade o que queria era tomar balanço para não os assustar demasiado.

— Bom, se as gémeas não vieram ter connosco na altura da sarrafusca é porque não o puderam fazer. Estavam pois retidas por algum motivo. Se o motivo tivesse desaparecido entretanto, decerto fariam o percurso de volta e já as teríamos encontrado. Sendo assim, prefiro pensar que ainda se encontram no cais.

Pedro baixou os olhos para evitar que os outros lessem o pânico que lhe ia na alma. Mesmo antes de o detective falar já ele congeminara que, se não estivessem no porto, também não estavam em terra. Podiam ter sido raptadas pelos bandidos e levadas de barco sabe-se lá para onde.

— Previna as autoridades — sugeriu num sussurro.

Eduíno cruzou com ele um olhar de entendimento muito rápido e depois declarou:

— Como ainda é cedíssimo e só deve haver um ou dois guardas de serviço à esquadra, se calhar cheios de sono, proponho uma última tentativa para encontrar as gémeas antes de contactar a polícia.

Para estupefacção geral, João desatou a correr pela rua a gritar:

— Faz favor! Faz favor!

Dirigia-se a um homem de fato-macaco que avançava para a entrada do hotel balançando um molho de chaves na mão. Reconhecera o empregado que se encarregava do canil e tivera uma ideia genial. Ia buscar os cães! Não há nada mais eficaz para localizar pessoas desaparecidas do que o faro canino.

Voltou daí a pouco com o *Faial* ao lado e o *Caracol* à trela.

— Macacos me mordam se não encontramos as gémeas sem a ajuda de ninguém!

Todos aprovaram a iniciativa e partiram fingindo-se mais aliviados.

Àquela hora o porto ainda estava vazio mas não tardaria a aparecer gente, o que complicava as buscas.

«Temos que nos despachar!», pensavam em uníssono.

Quando o carro parou, os cães foram os primeiros a saltar cá para fora. João agarrou a cabeça do *Faial* e falou com ele como se fala com uma pessoa:

— A Teresa e a Luísa desapareceram. É preciso procurá-las.

Depois levou-o ao sítio onde tinham estado mais tempo, fê-lo cheirar em volta e ordenou:

— Busca, *Faial*! Busca!

Ele soltou um latido e largou a correr. A correr para junto do *Caracol*, que gania e já se agitava diante do contentor onde as pobres gémeas, mal acreditando que ouviam as vozes dos amigos e o ladrar dos cães, se puseram aos murros no metal.

— Estamos aqui! — gritavam. — Estamos aqui!

Quem destrancou a tampa foi o Chico. E ele mesmo as recebeu nos braços. Choravam desalmadamente, coitadinhas! Todos participaram no abraço, até o *Faial* e o *Caracol*. Eduíno teve que se impor para acabar com beijos, lambidelas, comoção.

— Vamos embora, gente!

Os primeiros marujos a levantarem-se estranharam. Por que raio se teria lembrado aquele homem de passear de madrugada com os filhos e os cães num carro tão pequeno? Deviam ser todos doidos, pois cantavam a plenos pulmões e diziam adeus a amigos imaginários.

Apesar do susto, da excitação, do cansaço, foram obrigados a contar ao detective tudo o que os levara a meterem-se naquela aventura. Ele ouviu e depois felicitou-os:

— Parabéns. Há muito tempo que não encontrava gente tão dinâmica. Vocês têm verdadeiro talento para a investigação. Não vos falta nada. São inteligentes, sabem tomar iniciativas e acima de tudo têm coragem. Confesso que estou impressionado.

As cinco faces tingiram-se com o mesmo rubor de satisfação. Quem é que não gosta de um elogio? Para mais vindo de um especialista. Agora todos o achavam muitíssimo competente.

— Vou deixá-los — disse Eduíno. — Vocês precisam de recuperar forças.

Preparava-se para se ir embora mas Pedro reteve-o.

— Tenha paciência, amigo. Enquanto não contar a sua versão da história, não o deixamos em paz.

Ele sorriu como se esperasse isso mesmo.

— Não há dúvida que são espertos. Tentei fazer-lhes uma finta mas não resultou.

Viram-no inchar as bochechas com um sorriso benevolente a dançar entre os sinais.

— Eu sou um profissional e estou no auge de uma investigação. Quem se dedica a isto sabe que a regra de ouro é não abrir o bico. A mínima inconfidência pode deitar tudo a perder. No entanto, vou fazer uma excepção porque vocês merecem. Este caso é muito complicado.

Como baixou a voz eles aproximaram-se e formaram um círculo apertado. Até sentiam o hálito do detective, que cheirava vagamente a hortelã-pimenta.

— O Sam tem um problema grave que o tio ignora. Está crivado de dívidas, ainda por cima dívidas de jogo. Vocês com certeza já viram filmes na televisão em que aparecem questões deste género.

— Eu já — disse o Chico. — Quando as dívidas de jogo ficam por pagar, o assunto acaba em tiroteio.

— Em tiroteio ou em acidente. Há bandidos que preferem actuar de uma maneira mais subtil. De qualquer forma, não preciso de vos explicar até que ponto ele está em maus lençóis...

— Isso significa que tentou matar o tio?

— Não tires conclusões precipitadas. Aliás, preferia que não tirassem conclusões nenhumas. Quem está a fazer este trabalho sou eu.

— Nós só queremos ajudar.

— A melhor ajuda é ficarem calados e quietos. Não levem a mal, mas se não tivessem in-

terferido talvez a estas horas o caso estivesse arrumado.

Não gostaram lá muito de ouvir aquilo. No entanto, eram obrigados a dar-lhe razão.

— Querem um conselho? Esqueçam o que se passou e divirtam-se.

— Isso é impossível! Ninguém se diverte a passear entre a vítima e o assassino.

— Quem falou em assassino foste tu, não fui eu.

Depois assumiu um ar sério e enigmático.

— Peço-lhes que não contem nada do que vos disse. Haja o que houver, não contem nada. Confiem em mim.

Estendeu-lhes um cartão com o número do telefone e a morada.

EDUÍNO AMARAL

Detective

Investigações em todo o arquipélago.
Máximo rigor. Confidencialidade total.

R. Saudades da Terra, nº 1111
9000 PONTA DELGADA — Telef. (096) 12 267 741

— Se precisarem de alguma coisa, telefonem-me.

Rodava a chave na ignição para pôr o carro em andamento e despediu-se:

— Adeus! Tenho um pressentimento muito forte de que nos voltamos a encontrar.

Conheciam-no o suficiente para perceberem que não falava ao acaso. Decerto sabia muito mais do que lhes dissera e dispunha de elementos que lhe permitiam traçar um plano.

Ficaram a ver o carro afastar-se com uma pontinha de inveja. Mas esse sentimento acabou afogado em sono. Caíram na cama como pedras no fundo de um poço.

Acordaram tarde e com a desagradável sensação de estarem virados do avesso. Ou seja, a cabeça em vez de seguir o que se passava no exterior teimava em virar-se para dentro, atenta ao funcionamento dos vários órgãos do corpo, fixando-se com mais insistência no tubo digestivo. A boca sabia-lhes a papel de música, a garganta parecia forrada a cortiça, o estômago roncava teimoso a exigir pequeno-almoço quando eram horas de almoçar.

Pálidos e rabugentos, dirigiram-se à sala, onde encontraram Tony rodeado de gente. Além dos fotógrafos da equipa havia repórteres da televisão local e uma jornalista novinha muito gira, cuja presença levantou um pouco o ânimo dos rapazes.

Para não perturbarem a entrevista deixaram--se ficar de lado. Tony movia-se com grande à--vontade entre câmaras de filmagem, projectores e disparos de *flashes*. Tinha recuperado a sua jovialidade e chamara o sobrinho para ao pé de si. Falava do incêndio abertamente:

— Uma história horrorosa. Até pensei que fosse preferível não tocar mais no assunto. Enganei-me. É melhor falar nas coisas para que elas percam a importância. Portanto perguntem o que quiserem. Eu e o meu sobrinho responderemos a tudo.

Passou o braço à volta dos ombros de Sam numa atitude amistosa e declarou alto e bom som:

— Ele foi acusado de um crime que não cometeu. É um homem íntegro, honesto, que não merecia ter passado por este vexame. Mas tudo se esclareceu e pronto! São coisas que acontecem.

A entrevista durou imenso tempo porque os jornalistas, além de lhe fazerem perguntas sobre o incêndio, quiseram saber pormenores a respeito dos projectos que tinha para desenvolver o turismo nos Açores. Como bom homem de negócios, Tony falou imenso e disse muito pouco de concreto, para não dar ideias a possíveis concorrentes. Até esperou que desligassem as câmaras para revelar que nessa mesma tarde ia para a ilha do Faial com toda a equipa.

Ao ouvir aquilo, arrebitaram a orelha. Nada podia agradar-lhes mais do que partirem para outra ilha. Uma viagem ajuda imenso a desanuviar. As gémeas então ficaram radiantes, pois souberam que a mãe ia lá ter. João mostrou-se excitadíssimo com a perspectiva e declarou:

— *Faial*, vais finalmente conhecer a ilha que tem o teu nome!

Toda a gente lhe achou graça.

Um pouco afastado, Pedro pensava na partida com grande alívio. Mesmo que os falsos marinheiros acabassem por lhes descobrir o paradeiro, talvez demorassem a lá chegar!

Capítulo 11

Faial

Ainda não tinham aterrado e já estavam encantados com a ilha por causa do vulcão. Sobrevoaram-no a baixa altitude e ficaram impressionadíssimos porque era uma verdadeira montanha de cinzas com cratera e tudo. Visto de cima lembrava um monstro marinho de goela aberta.

Tony emocionou-se:

— Isto é o vulcão dos Capelinhos. Quando explodiu foi um horror. O fogo saía do mar aos borbotões. Levantou-se um jacto de vapor de água com quatro mil metros de altura e depois houve chuva de cinza. Mas não pensem em salpicos. Foram toneladas de cinza preta a cair sobre os campos em redor. As casas mais próximas ficaram soterradas, as pessoas fugiram aos gritos julgando que iam morrer todas, e em dois dias houve quinhentos tremores de terra.

A descrição era arrepiante. Só que as coisas arrepiantes geralmente fascinam. Em vez de terem medo sentiam-se atraídos por aquela ilha que entrava na vida deles oferecendo logo de início uma história forte. E o encanto aumentou quando chegaram à cidade.

Situada numa baía em forma de concha, transmitia uma sensação de alegria intensa que só a Luísa soube definir:

— Esta cidade é um riso aberto sobre o mar!

Os outros fizeram troça da expressão poética mas deram-lhe razão. Todos sentiam a mesma leveza, o mesmo inexplicável sorriso de agrado insinuar-se. Porquê? Não saberiam dizer. Talvez fossem as casas, tão parecidas e tão diferentes, cada qual com o seu desenho, a sua personalidade. Talvez fossem os barcos à vela que ali tinham chegado, vindos de todo o mundo, e repousavam no porto de abrigo. Ou talvez o bem-estar se devesse à presença de outra ilha mesmo em frente, a ilha do Pico. Enorme, serena, lembrava que não estavam sozinhos no meio do oceano.

Sempre jovial, Tony gabava tudo com entusiasmo:

— Então? Gostam da Horta? Olhem que não tem nada a ver com alfaces. O nome da cidade deve-se ao primeiro povoador, que era estrangeiro e se chamava Huerter. Vejam lá se conseguem pronunciar a palavra sem fazer caretas: Huerter!

Repetiu várias vezes o nome do povoador, brincando com o som. Depois deu uma gargalhada. Não parecia disposto a atirar-se ao trabalho, para desespero das pessoas encarregadas de o receber. Bem tentavam puxar a conversa para a questão do turismo, mas ele ignorava as deixas e continuava de passeio.

— Quero mostrar-vos uma coisa engraçada. Venham comigo!

Conduziu-os até à beira-mar para que vissem o imenso paredão coberto de desenhos, pinturas e inscrições feitas pelos muitos homens e mulheres que por ali pararam a repousar das canseiras sofridas na travessia do Atlântico.

Havia de tudo: barcos, bandeiras, baleias, balões, bonecos em cores muito vivas com ou sem assinatura, com ou sem data. O conjunto não podia ser mais festivo.

— São marcas deixadas por gente de todo o mundo. É giro, não é?

Só as gémeas não fizeram elogios. Tinham deparado com algo que as petrificara. A bordo de um iate alguém enrolava cordas com o tronco inclinado para a frente. Não lhe viam a cara mas viam os braços, e julgaram reconhecer as tatuagens em forma de sereia. O homem que as fechara no contentor tinha a pele coberta de tatuagens. Não seriam capazes de descrever as outras, mas da sereia lembravam-se muito bem.

Instintivamente recuaram e esconderam-se atrás do João.

— O que foi? — perguntou ele admirado.

— Nada. Ou melhor, não faças perguntas. Acelera o passo. Faz de conta que estás interessadíssimo nas pinturas ali adiante.

Correram a debruçar-se sobre um rectângulo azul e branco e juntaram as cabeças. A atitude deles não passou despercebida ao Pedro e ao Chico, que se aproximaram. Elas puderam então expor as suas dúvidas. O medo fazia-as gaguejar.

Quando se voltaram, viram Tony avançar de braços abertos para dois homens que saíam precisamente do iate em questão.

— Olá! Olá! Mas que boa surpresa! Não fazia ideia que andavam em viagem.

E vá de abraços, vá de pancadinhas nas costas. Quem seriam?

O matulão tatuado observava a cena do convés. Sam observava também e dir-se-ia que um pouco embaraçado.

— Os meus sócios! Que coincidência espantosa encontrarmo-nos todos aqui. Antes de mais nada, vou apresentar-lhes o meu sobrinho Sam, que ainda não tiveram oportunidade de conhecer.

Seguiram-se os cumprimentos do costume.

Eles não desfitavam os recém-chegados. Eram homens altos e bem constituídos que trajavam com a elegância própria dos velejadores: calças brancas, camisola com emblema em forma de leme e de âncora, sapatos de vela, boné a condizer. No entanto, podiam muito bem ser os falsos marinheiros bêbados. Imaginando-os com barba de três dias, gorro na cabeça e roupa suja, as figuras coincidiam.

— Tenho quase a certeza que são eles.

As gémeas concordaram de imediato.

Estavam ambas convencidas de que o marinheiro tatuado se escondera ao dar com os olhos nelas. Portanto, se era o indivíduo da noite anterior, os outros também deviam ser.

— Humm... não sei. Nós viemos de avião e eles de barco. Como é que chegámos ao mesmo tempo?

— Que disparate, Chico!

— Disparate porquê?

— Porque o que interessa é a hora da partida. Se saíram mais cedo não é de espantar que já cá estejam.

— Lá isso é verdade...

Não puderam continuar a conversa porque Tony decidiu levar toda a gente a tomar refrescos para festejar.

— Sigam com eles — disse o Pedro em surdina. — Não os percam de vista nem por um minuto.

— E vocês?

— Eu e o Chico vamos revistar aquele iate.

— Estás doido? Isso é perigosíssimo. O homem tatuado dá-vos uma tareia.

— Ele que experimente — respondeu o Chico.

— Não se ponham com esse ar infeliz que chama a atenção. Tratem mas é de ir com o grupo e se alguém der pela nossa falta digam que fomos dar uma volta e não demoramos.

Enxotaram-nas com um gesto discreto e pediram ao João:

— Não as largues, hã?

Não podiam negar que ansiavam por se verem sozinhos. A perspectiva de desafiarem o matulão e revistarem o barco enchia-os de frenesim. Chico já antecipava uma bela cena de pancadaria mas Pedro, mais sensato, sugeriu:

— Primeiro usamos uma artimanha para o afastar. Se não resultar aplicamos-lhe o teu método.

A artimanha consistiu em pedir a um miúdo pequeno que fosse chamar o marinheiro, dizendo-lhe que os donos do iate queriam que fosse ter com eles ao restaurante Búzio Dourado.

— Mas esse restaurante não existe! — disse o miúdo.

— Pois não, é uma partida. Se conseguires que ele caia na esparrela, damos-te... cinco gelados!

— Palavra?

— Palavra de honra.

— Então quero de morango, de chocolate...

— Do que quiseres. Tu escolhes e a gente paga. Agora despacha-te.

O miúdo cumpriu à risca as instruções. Viram-no afastar-se conduzindo o homem para o outro lado da cidade. Assim que eles desapareceram, precipitaram-se para a escadinha que dava acesso ao convés. Que alvoroço!

Um alvoroço diferente agitava as gémeas e o João. Estavam no bar mais famoso da terra. O ambiente parecia tirado de um filme de aventuras. Havia imensos estrangeiros entre os clientes. Vestiam roupa própria para navegar, bebiam canecas de cerveja, puxavam fumaças do seu cachimbo e falavam as mais variadas línguas, de modo que o burburinho tinha altos e baixos, sons agudos e guturais, volta e meia cortados por gargalhadas roucas. A decoração também ajudava. Madeiras envernizadas, latão, imensas fotografias com cenas de pesca e de caça à baleia, objectos típicos de navio. Ali sentiam-se personagens de uma história emocionante.

Como só havia duas mesas livres, uma em cada ponta, ficaram separados de Tony. E inquietavam-se. Pedro recomendara que não tirassem os olhos dele mas não era fácil com o vaivém de gente. A certa altura viram os iatistas dirigirem-se com Tony e Sam para uma pequena porta que havia ao fundo.

Levantaram-se imediatamente e foram atrás, pensando que do outro lado iam encontrar um compartimento privado. Subiram uma escada íngreme e lá em cima soltaram um ah! de espanto. A sala estava recheada de ossos e dentes de baleia. Alguns ao natural, outros muito bem trabalhados em relevo ou então cobertos de desenhos representando cenas terríveis de luta entre homens e verdadeiros monstros marinhos.

— Impressionante! — murmuraram.

As peças mais pequenas alinhavam-se em grandes mesas-vitrinas rectangulares. Teresa espreitou através dos vidros e deu de caras com um dos homens que Tony apresentara como sócio. Do lado oposto ele devolveu-lhe a mirada com um sorriso maldoso.

Os reflexos do vidro projectavam-lhe uma sombra no queixo que imitava muito bem barba de três dias.

— É a mesma pessoa, não restam dúvidas de que é a mesma pessoa!

☆

Pedro e Chico também acabavam de tirar essa conclusão. Não tinha sido necessário procurar muito. Na cabina encontraram não só dois equipamentos de mergulho como o anoraque da bandeira americana nas costas.

— Das duas, uma: ou roubaram o casaco ao

135

Sam para o vestirem na noite do incêndio e deitarem as culpas para cima dele ou são cúmplices.

A confirmação das suspeitas deixou-os varados. Agora tinham a certeza de que aqueles indivíduos eram culpados, mas não sabiam como agir para não deitarem tudo a perder.

— Fatos de mergulho há muitos e anoraques iguais a este, idem. Tenho medo que ninguém nos acredite se contarmos a nossa história.

— Se tentássemos falar ao detective?

De barco até São Jorge

Para falar ao detective precisavam de um telefone público. Valeu-lhes o rapazinho, que voltou ansioso por cobrar o serviço. Prometeram-lhe logo um sexto gelado se os levasse depressa a um sítio onde pudessem telefonar. Ele encaminhou-os até uma pizzeria, onde tentaram desesperadamente efectuar a ligação. Quando por fim alguém atendeu, ouviram uma voz de senhora idosa do outro lado do aparelho. Informou-os de que o Eduíno Amaral estava na ilha de São Jorge e deu a morada, explicando que a casa não tinha telefone.

— Para comunicarem com ele, só por carta.

A senhora nunca mais se calava e dizia coisas sem grande nexo. Por sorte a ligação caiu.

— E agora? — perguntaram um ao outro, consternados.

Como às vezes acontece, a resposta soou ao lado, na mesa onde vários desconhecidos confraternizavam. Um deles levantou-se e despediu-se:

— Tenho que ir andando, senão perco o barco para São Jorge.

— Vamos morrer de saudades — respondeu-lhe uma rapariga na brincadeira.

138

— Isso queria eu, mas não vai dar tempo. Esta viagem é só ir e vir...

Como também acontece quase sempre, interpretaram o que ouviram da maneira que melhor lhes convinha. Ia partir um barco para São Jorge e a travessia era rapidíssima. Podiam pois ir até lá, procurar o detective e regressarem com ele enquanto o diabo esfrega um olho.

Foi exactamente isso que decidiram fazer e foi também o que disseram aos amigos quando pouco depois os encontraram na rua.

A conversa foi bastante atabalhoada mas uma coisa ficou clara: os bandidos eram os sócios e estavam ali.

Pensaram então que seria preferível o Chico permanecer em terra. Se houvesse sarilho, podia defendê-los. Pedro preparava-se para ir sozinho quando a Luísa atalhou:

— Eu vou contigo.

Claro que a Teresa quis logo acompanhá-la. Só desistiu porque concordou que dava muito nas vistas desapareceram as duas.

— Assim é melhor. Aposto que nem chegam a aperceber-se de que nos afastámos. Vocês são iguais, portanto se te souberes mover podem julgar que umas vezes estão a ver a Teresa e outras a Luísa. E se perguntarem por mim, digam que fui ali e já venho.

Pedro não deu mais sugestões porque viu o rapaz que ia tomar o barco para São Jorge a correr pela rua abaixo. Pegou na Luísa por um braço e correram os dois atrás dele. Foram os últimos a subir a bordo.

O barco, novinho em folha e todo pintado de branco, chamava-se *Cruzeiro das Ilhas*. Tinha um espaço reservado para mercadorias onde se empilhavam cachos de bananas, caixotes de ferramentas, sacas de trigo e várias encomendas individuais. Quanto aos passageiros, podiam escolher entre a zona coberta e as cadeiras ao ar livre.

Toda a gente preferiu ir cá fora porque estava um dia magnífico.

Pedro e Luísa acenaram para os amigos enquanto as figuras deles mantiveram tamanho que o justificasse. Depois debruçaram-se na amurada encantados com a limpidez da água. A transparência permitia até ver a quilha do navio!

Afastavam-se do Faial em direcção ao Pico. À medida que iam avançando a distância parecia desdobrar-se, de forma que para trás aumentava mas para a frente não diminuía na mesma proporção. Era como naqueles sonhos em que se corre para um sítio e nunca mais se chega lá. A travessia do canal pareceu-lhes infindável. Depois, para desespero de ambos, pararam várias vezes em pequenos portos a carregar e descarregar mercadoria. Só passada hora e meia viraram à esquerda rumo a São Jorge.

Apesar da ansiedade, sabia-lhes bem o sol na cara e os respingos de água salgada trazidos pelo vento.

Um dos companheiros de viagem levava um rádio e em vez de procurar música sintonizou o boletim meteorológico. O locutor fazia um resumo das previsões do estado do tempo para a semana. Eles não ligaram muita importância mas a Luísa reparou num pormenor engraçado. O homem usava termos fora do vulgar. Não dizia vento forte nem vento fraco. Dizia vento rijo ou bonançoso, o que dava um sabor de poesia às frases. Desembarcou repetindo baixinho:

— Vento bonançoso do sul... Vento rijo do norte...

Quando se trata de uma coisa sólida, rijo significa duro. Mas quando se trata de vento pode significar violento, agressivo, perigoso, ciclónico, ou seja, tempestade.

Naquele momento não podia saber em que circunstâncias terríficas voltaria a lembrar-se das mesmas palavras.

Chegados a São Jorge, não tiveram qualquer dificuldade em encontrar a morada que procuravam. Foram recebidos por um indivíduo alto e espadaúdo de sorriso simpático. Perguntaram-lhe por Eduíno Amaral e ele respondeu batendo no peito:

— Aqui o têm em pessoa.

Perplexos, tentaram esclarecer o engano mas não havia engano nenhum. O homem fartou-se de rir quando soube como tinham obtido a informação.

— Vocês telefonaram para casa do meu primo, que tem o mesmo nome que eu. Ah! Ah! Ah! Estou mesmo a ver com quem falaram. Era voz de senhora idosa, não era?

— Sim.

— É a nossa tia Ambrósia. Costuma lá ir regar as plantas do jardim e só arranja confusões.

Para ela o meu primo é o Dininho, por ser mais novo e mais baixo. Ah! Ah! Ah! Vieram a São Jorge para nada!

Vendo-os tão aflitos, procurou consolá-los.

— Não se ralem. Até foi um passeio bonito. Por que é que estão assim tristes?

— A... temos muita urgência em falar com ele.

— Urgência? Isso é que é pior. O Dininho nunca pára em casa. De dia faz investigações, à noite toca trompete. Quando quero apanhá-lo, vejo-me grego.

— Nesse caso temos que regressar no primeiro barco — disse a Luísa. — Sabe a que horas parte?

Ele hesitou antes de falar.

— Eu saber, sei. Mas vocês não vão ficar satisfeitos. Só há transporte daqui a dois dias.

— Dois dias? — gritaram ambos em coro. — Não pode ser!!

Pedro ficou escarlate e Luísa com os olhos cheios de lágrimas. Não podiam conformar-se com a sua própria estupidez. Irem para ali sem terem a certeza de que o detective estava mesmo lá e sem averiguarem os horários dos barcos. Que precipitação imperdoável!

— E agora? — perguntavam um ao outro. — E agora?

O homem compadeceu-se.

— Não se aflijam. Vamos tentar remediar tudo. Há um rapaz que tem uma lancha a motor e costuma fazer de táxi aquático. Venham comigo procurá-lo. Damos a volta à ilha num instante.

Meteram-se no carro sem saber se deviam ou não contar àquele homem o que os inquietava. Talvez ele também tivesse jeito para detective e pudesse dar-lhes uma ajuda. Só não o fizeram porque não sabiam por onde começar. Além disso, o automóvel tinha o escape roto e fazia uma barulheira dos diabos. Impossível conversar, sobretudo de assuntos sérios.

A ilha era pequena. Muito estreita e comprida, lembrava um crocodilo estendido ao sol. Havia estradas normais e caminhos de terra batida ladeados por árvores frondosas cujas folhas duras e brilhantes pareciam de loiça.

Subiram até ao sítio mais alto, parando à porta das casas a perguntar pelo rapaz. Não o encontraram em parte nenhuma.

Pedro disfarçava a tensão nervosa assobiando baixinho. Eles ali às voltas e os amigos em perigo... Quanto à Luísa, viajava de cabeça encostada ao vidro, imóvel e silenciosa. Não dava grande atenção à paisagem mas reparou numa coisa que nunca tinha visto noutros locais. Pelo campo fora alguém espalhara tabuletas de madeira com versos ou frases bonitas de poetas e escritores que descreveram as ilhas. Uma ideia bem original!

Finalmente cruzaram-se com um velhote que lhes disse ter visto o rapaz nas fajãs. O condutor acelerou pela estrada abaixo e explicou-lhes:

— As fajãs são grandes plataformas de lava que entram pelo mar dentro. As pessoas constroem lá casas para passar férias e ele anda a fazer uma.

Talvez influenciada pelas tabuletas, Luísa nunca mais parou de procurar mentalmente uma boa rima para fajã: «Manhã». «Romã». «Talismã». «Rã».

De súbito brotou-lhe uma palavra com tal ímpeto que quase berrou:

— Irmã!!

Deixou imediatamente de versejar. Teresa andava entre dois assassinos. Se eles resolvessem agir? Se disparassem sobre Tony e atingissem a irmã? Se resolvessem eliminar testemunhas? Se provocassem um acidente que envolvesse todo o grupo? Bem queria acalmar-se mas não era capaz. Passavam-lhe pela cabeça imagens tão negras que nem num filme de terror.

O pânico gelou-lhe o sangue nas veias. Deixou de ver o que a rodeava e não ouviu a conversa com o tal rapaz. Pedro teve que lhe dar um safanão. Também se mostrava consternado.

— Temos que dormir cá. Anunciaram uma grande tempestade e ele recusa-se a sair para o mar.

Voltaram para o carro sem dizer mais nada. A tarde caía e bandos de pássaros semelhantes a gaivotas enchiam o ar com gritos estranhos que soavam como «Minhec... Minhec... Nhec... Nhec...»

Na atmosfera que se ia tornando cada vez mais densa, o som da passarada adquiria ressonâncias inquietantes. Era como se os quisessem avisar de qualquer coisa.

— Como é que se chamam estas aves? — perguntou a Luísa, de sobrolho franzido.

— Cagarros.

— Por que é que cantam assim?

— Isso só eles é que podem responder!...

☆

Teresa passeava dum lado para o outro no paredão junto ao mar. Não percebia por que é que a irmã e o Pedro ainda não tinham regressado de São Jorge com o detective. Enervadíssima, ralhava-lhes em pensamento.

«O que é que estão aí a fazer? Por que é que não se vêm embora?»

Os rapazes entretinham-se com os cães para disfarçarem a agitação. Atiravam pauzinhos para eles irem buscar, corriam para lá e para cá e atribuíam à correria o facto de terem o corpo encharcado em suor. Mas na verdade as reacções físicas eram em grande parte efeito do tempo. Não soprava a mais leve aragem e o ambiente tornara-se sufocante. Talvez fosse por isso que não se viam pessoas na rua. A população recolhera a casa e os estrangeiros aos hotéis. Só o grupo de Tony girava em torno dos barcos. Os sócios tinham organizado uma pescaria nocturna e queriam que todos participassem.

— Somos muitos e não cabemos no nosso iate — dissera um deles. — Portanto contratámos o Vitório, que é campeão em pesca desportiva. Assim, alguns vão com ele.

— Até é mais giro irmos em dois barcos — acrescentou o outro. — E também é mais seguro porque com o Vitório não nos arriscamos a vir

146

de mãos a abanar. Ele conhece a zona e sabe onde há peixe.

Depois insistiram muito para que Tony fosse com o campeão.

Ele ainda hesitou, mas quando conheceu Vitório foi «amizade à primeira vista». Os dois entenderam-se às mil maravilhas.

Aproximava-se a hora da largada e Chico não sabia o que fazer. Devia ficar à espera de Pedro? Seria melhor embarcar? Considerando que tinha aquela gente a seu cargo, optou pela segunda hipótese.

Vitório ultimava os preparativos com grande entusiasmo.

— Vocês vão gostar. Prometo trazer imenso peixe. Eu sou um verdadeiro especialista.

Arrumou alguns apetrechos, inspirou fundo e comentou:

— Mas até os especialistas se enganam. Se me guiasse pela experiência, diria que vai haver uma tempestade. Quando o tempo fica assim parado, geralmente segue-se grande borrasca. No entanto, o boletim meteorológico anunciou bom tempo, e como tenho toda a confiança nas informações, toca a aproveitar.

Chico estava perto e surpreendeu um olhar cúmplice entre os sócios de Tony, o que lhe fez muita confusão. Seria possível que troçassem do boletim meteorológico? A ideia era absurda, mas teve a certeza que qualquer coisa não batia certo.

«Eles tramaram alguma», pensou. «Mas o quê?» Oh!, que falta lhe fazia o Pedro para deslindar tramóias!

Os outros subiram para bordo. Quando Sam pôs o pé na escada, os sócios detiveram-no com um gesto amistoso.

— Você vem connosco no iate. Faz-nos companhia.

O convite confirmou-lhe as suspeitas. Os tipos fingiam não conhecer o Sam e conheciam-no muito bem. Talvez tivessem preparado a pescaria para poderem ficar a sós com ele no outro barco. Se calhar iam fazer algum plano. «Vou com eles», decidiu. «Hei-de ouvir tudo o que disserem.»

Como já escurecera, não teve dificuldade em esgueirar-se para dentro do iate. Pé ante pé, desceu à cabina e escondeu-se debaixo de uma mesa.

Capítulo 13

Crime perfeito?

Tup... Tup... Tup... O motor roncava sobre as águas ainda calmas. No céu muito negro espreitava de vez em quando uma ponta de Lua envolta em névoa. Não saberiam dizer se estava frio ou calor, pois sentiam arrepios e tiritavam, mas a roupa colava-se-lhes ao corpo suado.

João agarrou o pescoço do *Faial* e disse-lhe ao ouvido:

— Não tenhas medo. O Chico vem no outro barco...

Vários «arfs» e lambidelas ajudaram-no a serenar.

Ao seu lado Teresa apertava o *Caracol* de encontro ao peito, angustiada. Nunca navegara de noite e a ausência da irmã fazia-a sentir-se incompleta.

Nenhum deles tirava os olhos da luzinha encarnada que assinalava a presença do iate navegando atrás deles. Ao princípio deslizavam quase juntos, mas a pouco e pouco a distância aumentou. Assim Chico ia ficando mais longe... tão longe que o ponto encarnado deixou de se ver.

Apressaram-se então a prevenir Vitório. O ruído do motor dificultava a comunicação.

— É melhor esperar ou perdemo-nos do iate! — berraram.

Vitório e Tony disseram qualquer coisa também aos berros mas eles não perceberam o quê. Uma onda mais forte levantou a proa do barco e projectou-o em frente com um esticão violento.

O mesmo esticão fez Chico rebolar para fora do esconderijo. Felizmente os homens estavam no compartimento ao lado entretidos a conversar. Pôde portanto encaixar-se de novo no seu posto. Através do tabique ouviu a voz de Sam perguntar:

— É impressão minha ou voltámos para trás?

Os companheiros desataram à gargalhada.

— Por que é que se estão a rir?

— Porque tu és um palerma. Aposto que não percebeste os nossos planos e julgas que vamos à pesca.

Chico apurou o ouvido. Sempre era verdade que havia marosca. «Tenho que descobrir tudo e furar-lhes o esquema antes que seja tarde», pensava. «Falem! Falem!»

Ignorando que alguém os espiava, os bandidos não tomaram quaisquer precauções e puseram-se a descrever o projecto no meio de grande galhofa.

— Alegra-te, homem! Esta noite vai desabar uma tempestade medonha, o teu tio morre afogado e tu herdas a fortuna inteirinha!

— Pagas o que nos deves, pagas este serviço e ainda sobra algum para teres uma vida regalada.

— Não vai haver temporal nenhum — retorquiu Sam. — Eu ouvi as notícias e anunciaram bom tempo!

— Ah! Ah! Ah! As notícias fomos nós que as gravámos para enganar o Vitório.

— Não acredito!

— Pois podes acreditar. Fizemos uma cassete impecável. Enganou toda a gente.

— Isso não quer dizer que o meu tio morra afogado.

A voz de Sam tremia um pouco.

— Eles... eles quando sentirem o mau tempo voltam para terra.

— Para terra? Só se for a nado! Julgas que somos parvos ou quê? O depósito leva pouco combustível. Dá para a ida mas não dá para a volta.

— Isso resolve-se — argumentou Sam, que se recusava a acreditar no desastre iminente. — O Vitório tem um rádio a bordo. Pode pedir socorro.

— Não pode, não.

— Porquê?

— Porque o nosso marujo tatuado encarregou-se de o avariar.

— É o crime perfeito, Sam! Este acidente resolve todos os nossos problemas e nunca ninguém nos poderá acusar de nada. Foi o mar que os engoliu e pronto.

— Monstros! — berrou Sam. — Vocês são monstros da pior espécie! Naquele barco não vai só o meu tio: vão pessoas que não têm nada a ver com esta história! Vão crianças! Vocês são assassinos! Vou dar o alerta e chamar a polícia marítima.

Já se precipitava sobre o aparelho de rádio quando um murro o atingiu em cheio na boca.

— Bâ...

Um dos homens caiu-lhe em cima, o outro espetou-lhe com uma tábua na cabeça, mas como ele se defendeu ao pontapé acabaram por cair os três ao chão. E abriram a boca de pasmo ao verem Chico surgir na ombreira da porta. Lívido, transtornado, voou-lhes por cima e abateu-se sobre o rádio. Não sabia mexer naquilo mas carregou no interruptor e pôs-se aos gritos:

— Alô! Alô! Polícia marítima... Socorro...

A voz extinguiu-se no momento em que o atingiram na nuca com uma pancada seca. Antes de desmaiar viu estrelas, muitas estrelas brilhantes. Depois imaginou uma cena pavorosa: os amigos lutavam com as ondas, pediam socorro e ele não lhes podia valer.

— Te... re... sa... João!... — balbuciou. Logo a seguir perdeu os sentidos.

Rajadas fortes e ondulação desenfreada faziam com que o barco de Vitório parecesse uma casca de noz. Ele procurava manter a serenidade para não inquietar os passageiros.

— Acho que a pesca tem que ficar para outro

dia. Receio que o tempo piore. É preferível regressarmos a terra.

Teresa e João ficaram radiantes. Estavam enjoadíssimos, tinham a cabeça a andar à roda e uma boa dose de medo no coração. Tony também se mostrou satisfeito, pois a ideia que fazia a respeito de pesca desportiva não se coadunava com aqueles solavancos horrorosos na escuridão. Todos suspiraram de alívio ao sentirem o barco fazer meia volta. Tup... Tup... Tup...

A proa virou para terra. Mal se tinham deslocado alguns metros quando o motor começou a falhar.

— Não se assustem — recomendou Vitório. — Isto resolve-se já.

Seguiram-lhe os movimentos com certa ansiedade. Ele tentou acelerar mas o ruído, em vez de retomar o ritmo normal, foi espaçando, espaçando, até que o motor emudeceu.

— Mau! Parece-me que temos avaria...

— A mim parece-me falta de gasolina — disse Tony. — Olhe ali para o ponteiro. Está no zero.

— No zero? Mas eu enchi o depósito antes de sairmos.

— Pode ter havido uma ruptura...

Vitório fez-lhe sinal para que disfarçasse.

— Os miúdos estão apavorados. Disfarce.

A intenção era boa mas o resultado foi desastroso, porque eles perceberam muito bem que os adultos consideravam haver motivo para alarme. Abraçados aos respectivos cães, não conseguiam articular palavra. De olhos esbugalhados, acom-

panharam os esforços de Vitório para resolver a situação. Esforços inúteis. O motor não voltou a pegar, as latas de gasolina sobresselentes tinham desaparecido e ao motor de recurso faltavam peças.

As vagas encrespavam-se e projectavam-nos a alturas inacreditáveis. Vendo pela frente aquelas montanhas de água escura quase parecia impossível não serem engolidos de uma assentada. Era com verdadeiro assombro que verificavam ainda flutuar quando se sentiam arremessados para as profundezas. O casco embatia na superfície líquida com tal estrondo que parecia sólida... Pam! Pam! Pam! O vento uivava, chiava, enraivecia--se. Vuuh! Vuuh! Vuuh!...

Caracol pôs-se a ganir baixinho. A dona fazia--lhe festas, abraçava-o, e tremiam ambos como varas verdes.

— Por este andar vamos esborrachar-nos de encontro às rochas — gritou Tony.

Já não valia a pena estar com disfarces. Aliás, já nem conseguiam. A situação tornara-se alarmante.

— Vou deitar a âncora e pedir socorro pela rádio — respondeu-lhe Vitório em altos berros.

A âncora voou borda fora, presa na ponta de uma corda. Ouviram-na mergulhar e pouco depois o barco estabilizou ligeiramente. Balançava sim, mas preso ao fundo. O rádio é que não funcionou. Os dois homens fartaram-se de mexer no interruptor, deram pancadinhas no microfone, pediram socorro mesmo sabendo que não seriam ouvidos. Nada!

— Vou lançar foguetes de luz — disse Vitório. — São próprios para chamar a atenção quando se está em perigo no mar. Tenho esperança que alguém veja e dê o alarme. A polícia marítima tem barcos de salvamento...

Com mão certeira lançou foguetes uns atrás dos outros. A luz elevava-se até bem alto, brilhava uns instantes e depois caía. A mensagem seria recebida? Era pouco provável. Com um tempo assim ninguém anda na rua nem se põe à janela.

Tony gostaria de os acalmar lembrando que os sócios vinham noutro barco e com certeza já tinham avisado as autoridades. Mas não o fez porque receava que também andassem perdidos ou, pior ainda, que tivessem ido ao fundo.

— Vou ligar a telefonia para ver se dão a notícia do nosso desaparecimento — disse Vitório.

Premiu o botão e quedou-se estupefacto. A voz do locutor repetia o boletim meteorológico que tinha ouvido horas antes. As palavras eram as mesmas tintim por tintim. Anunciavam bom tempo! Dir-se-ia uma brincadeira de muito mau gosto, pois enquanto iam ouvindo previsões de mar calmo e céu limpo a tempestade rebentou com fúria total. Vagas alterosas, ventania louca e chuva. Cordas de chuva grossa varreram o convés.

— Isto foi sabotagem — declarou Vitório muito sério. — Agora entendo a falta de combustível e a avaria do rádio. Enganaram-me com uma cassete.

Não podia perder a compostura apesar da aflição.

— É melhor prepararmo-nos para o caso de haver naufrágio.

Não faziam a mínima ideia do que significava prepararem-se para um naufrágio. Mas obedeceram a todas as instruções como se fossem autómatos.

«Isto não está a acontecer! É um sonho mau, é um pesadelo!», pensavam.

Vitório distribuiu coletes de salvação, entregou a cada um dois foguetes de luz e explicou como funcionavam.

— Se o barco for ao fundo é natural que o mar nos separe. Nessa altura cada um tem que pensar em si próprio, é o «salve-se quem puder». Tentem nadar para terra. Se não tiverem sorte, usem os foguetes, mas só quando parar de chover.

Pela primeira vez na vida João lamentou não ter um cão pequeno. Teresa enfiara o *Caracol* entre o colete de salvação e o peito. Se caíssem à água, ficariam juntos.

— Não te afastes de mim, *Faial*. Não te afastes de mim.

De tanto lhe apertar a coleira já tinha os dedos feridos.

Subitamente as amarras romperam-se. O barco entrou num remoinho, inclinou-se todo para um lado, depois todo para outro e... foi arremessado de encontro aos rochedos. A violência do embate fê-lo cavalgar pelas escarpas de pedra acima. Quando recuou, encheu-se de água e afundou-se.

Capítulo 14

O naufrágio

Para não serem sugados juntamente com o barco, atiraram-se à água. E tal como Vitório previra, o mar afastou-os uns dos outros. Boiavam dispersos mas muito próximo de terra. No entanto, não podiam deixar-se arrastar porque corriam o risco de se esborracharem. Naquele sítio os rochedos caíam a pique com bicos salientes muito perigosos.

Teresa lutava com as ondas. Já engolira vários pirolitos e o *Caracol* também. João seguia a mesma rota que um monte de destroços. De vez em quando tinha que mergulhar para evitar choques com aquela tralha toda. Quando emergiu do terceiro mergulho não viu o cão ao pé de si e deu um berro.

— *Faial*!

Pela boca aberta entrou-lhe de imediato uma golfada de líquido espumoso, e tossiu, tossiu, aflitíssimo.

Não menos aflito estava Tony. Caíra-lhe em cima um monte de cordas. Quanto mais tentava libertar-se, mais se enredava. A pouco e pouco ia ficando com os braços presos. As cordas molhadas puxavam-no para o fundo.

Vitório apercebeu-se e tentou nadar na sua direcção. A corrente, porém, empurrava-o no sentido inverso. Por mais que esbracejasse não saía do mesmo lugar.

— Desaperte o colete! — gritou. — Desaperte o colete para se ver livre das cordas!

Muito a custo, Tony abriu as fivelas do conjunto que o amarrava e soltou-se.

O vento rodara. Agora empurrava as ondas para terra, ondas cada vez mais altas. Se ousassem deixar-se ir com a rebentação, talvez tivessem sorte...

Falharam a primeira vaga mas apanharam a segunda. A massa de água subia, subia, subia, num movimento que parecia não ter fim. Depois, arremessou-os com violência de encontro à rocha.

«Vou morrer!», pensava Teresa. «Vou morrer!»

Não morreu, o corpo raspou na pedra, resvalou por uma saliência e foi encaixar-se numa espécie de pequena gruta onde já estava o João, debulhado em lágrimas.

— Perdi o *Faial* — soluçava.

Vitório e Tony surgiram pouco depois embrulhados em espuma. Respiravam com dificuldade, tinham a cara e as mãos a sangrar mas não sentiam qualquer dor.

— Estamos todos salvos — murmuraram.

— Todos não. Falta o *Faial*. O meu *Faial*!!

Foi então que o impossível aconteceu. Por cima da cabeça deles ouviu-se uma restolhada e apontou um focinho peludo.

— Ão! Ão!

Era o *Faial*. Como teria ido ali parar? Isso nunca saberiam. Também pouco lhes importava. Abraçaram-no rindo e chorando ao mesmo tempo.

Tinha parado de chover, o vento amainara e as ondas fustigavam as rochas mais abaixo.

— O pior já passou — disse Tony. — Temos que procurar um caminho...

— Não há caminho — respondeu-lhe Vitório com grande desânimo na voz. — Fomos projectados para uma gruta sem acesso.

— A estas horas já deram pela nossa falta. Com certeza fazem buscas, não?

— Fazer, fazem. Mas podem concluir que morremos afogados e nesse caso desistem.

— Não devemos perder a esperança.

— Claro que não. Só que a espera pode ser longa, preparem-se...

Teresa e João não participavam da conversa. Encolhidos na rocha tiritavam de frio e de medo. *Faial* percebeu e instalou-se entre os dois para os aquecer e animar (¹).

— Que engraçado! Ninguém diria que houve

_____

(¹) Este naufrágio não é inventado. Aconteceu mesmo e os protagonistas foram Vitório Roque de Pinho e sua mulher. Também levavam um cão enorme que se salvou sem ninguém perceber como. Contaram a história com todos os pormenores e aceitaram que a incluíssemos nesta aventura.

um temporal. Está um dia lindo — disse o marujo tatuado.

— Pois está. Vou dar uma volta pela cidade a saber novidades. Quero averiguar o que se diz por aí a respeito do naufrágio.

— E o que fazemos a estes dois?

— Por agora ficam na cabina amarrados. Se tudo tiver corrido como previmos, libertamos o Sam para ele herdar a fortuna.

— E se ele dá com a língua nos dentes?

— Não pode. Se o fizer torna-se imediatamente suspeito.

— Então e o miúdo?

— Livramo-nos dele no mar alto. Como as pessoas pensam que naufragou, naufraga mesmo.

Chico ouviu tudo sem poder reagir porque estava amarrado e amordaçado junto de Sam.

O marujo ficou a guardá-los e os outros dois saíram.

Na cidade reinava a maior aflição. Já toda a gente sabia do desaparecimento de Vitório, e faziam-se esforços desesperados para o encontrar a ele e aos passageiros. A polícia marítima telefonara para todas as ilhas a saber se por acaso estavam abrigados noutro porto. A cada resposta negativa a aflição aumentava. Organizaram-se então piquetes para efectuarem buscas. A população em peso queria participar. Tinham posto os barcos à disposição para darem a volta à ilha. Também saíram grupos com os bombeiros para irem procurá-los em terra, pois alguém se lembrara que podiam ter sido cuspidos para alguma zona rochosa sem acesso. Levavam binóculos, megafones, cordas.

Os sócios de Tony fingiram-se consternados e ofereceram os seus préstimos.

— Contem connosco para o que for preciso.

— Fazemos questão de ir com os bombeiros. Temos binóculos de longo alcance que podem ser muito úteis.

Uma lancha a motor que naquele momento se aproximava, vinda de São Jorge, desviou as atenções para o porto. Haveria alguma possibilidade de serem os náufragos? Talvez aquele barco os tivesse recolhido.

Que desilusão amarga! Quem saltou para terra foram Pedro e Luísa. Postos ao corrente do que se passava, desataram num pranto.

— A minha irmã! A minha irmã! — gritava a Luísa. — Eu tinha um mau pressentimento!

Os sócios de Tony tentaram acalmá-la com falinhas mansas.

— Nós que tanto os avisámos para não irem! Mas o Tony é tão teimoso! Quis por força fazer uma pescaria nocturna com os amigos...

— Levou-os a todos? — perguntou o Pedro com a voz estrangulada na garganta.

— Levou. Foi a gémea, um miúdo pequeno, os cães e o rapaz mais velho que se chama Chico.

— E o Sam?

— O Sam... a... creio que não. Deve andar por aí nas buscas.

— Eu também quero ir — soluçou a Luísa. — Tenho a certeza que estão vivos em qualquer parte. Têm que estar! Têm que estar!

Pedro passou-lhe o braço à volta dos ombros com muito carinho.

— Está ali um senhor que nos dá boleia no jipe. Ele diz que o Vitório costuma pescar atrás daquele monte redondo que se chama monte da Guia. Tem esperança de os encontrar lá.

— Porquê? — perguntou um dos sócios.

— Se estivessem em terra com certeza já teriam regressado à cidade.

— Não é bem assim. No monte da Guia há escarpas a pique do lado do mar. Se por acaso conseguiram pendurar-se numa rocha, só de lá saem com ajuda.

— Então vamos com vocês — disse o sócio, pressuroso.

Seguiram portanto empilhados no jipe como sardinha em lata. O condutor levou-os para um sítio alto de onde podiam observar aquela zona da costa. Todos queriam o binóculo.

— Deixe-me ver!

— Deixe-me ver a mim!

Quando Pedro espreitou através das lentes, ficou gelado. No mar boiavam pedaços de navio. Se o desastre ocorrera ali, dificilmente alguém escapara com vida. Mas a Luísa não precisou dos binóculos para ver uma mancha loira agitando-se lá em baixo.

— É a Teresa! É a Teresa! Estou a ver o cabelo da minha irmã!

A notícia propagou-se como fogo em mato seco. Carros a apitar, sirenes, cortejos de motos, gente aos gritos. Com o entusiasmo nem deixavam os bombeiros cumprir a sua missão. Mas eles já lá iam com cordas e todo o material necessário para o salvamento.

Só o Pedro não participava da alegria geral. Com a ajuda dos binóculos certificara-se de que estavam vivos. Mas faltava o Chico. A angústia não lhe permitiu reparar nas estranhas reacções dos sócios. Percebeu apenas que tencionavam regressar imediatamente a bordo. Segundo diziam, parecia-lhes melhor tentarem recolher os náufragos por mar e pediam encarecidamente que alguém os levasse ao cais. Tanto insistiram que convenceram o dono do jipe.

— Anda, Luísa — disse o Pedro.

Generosamente, não lhe falou na ausência do Chico. Se navegassem junto à costa talvez fossem dar com ele empoleirado noutra rocha. Para quê então assustá-la antes do tempo?

As coisas não correram exactamente como ele tinha pensado. Quando se dirigia para o iate os homens barraram-lhe o caminho. Primeiro inventaram desculpas.

— É melhor não virem connosco.

— Porquê?

— Porque com menos gente o barco fica mais leve e anda mais depressa.

— Que ideia! Eu e a Luísa não pesamos quase nada. Tenham paciência mas vamos mesmo.

Fez menção de embarcar e viu-se impedido à força. A partir daí a conversa azedou.

— Aqui só entra quem nós queremos.

— Vão embora, seus fedelhos!

Pedro desconfiou. Aquela atitude agressiva não fazia sentido. Insistiu. Quanto mais o mimoseavam com insultos, mais se sentia determinado a entrar.

Esgueirando-se com agilidade, pôs o pé na escada. Os dois brutamontes agarraram-no, torceram-lhe um braço e deram-lhe um encontrão.

Luísa assistia à cena paralisada de espanto. Não andava por ali ninguém a quem pudesse pedir ajuda, e as aflições anteriores tinham-lhe roubado a energia. Quando viu Pedro estendido no solo correu para ele. Os homens já subiam para o convés gritando ao marujo:

— Solta as amarras! Vamos partir!

Mas quem saiu da cabina não foi o marinheiro tatuado. Foi o detective. Eduíno Amaral, vestindo uma gabardina bastante larga e comprida, avançou para eles de sorriso afivelado. Estendeu-lhes a mão como se quisesse cumprimentá-los. E eles, instintivamente, corresponderam esticando o braço.

De dentro da manga da gabardina surgiu então um par de algemas e crac... crac... fecharam-se no pulso dos bandidos. Estupefactos, ainda tentaram fugir. Impossível! O detective não se moveu um milímetro mas apareceram homens armados a toda a volta. Dir-se-ia que brotavam do chão.

Eduíno Amaral saboreava a vitória com um sorrisinho triunfante. Do sítio onde estavam, Pedro e Luísa viram-lhe inchar as bochechas três ou quatro vezes seguidas. E ficaram presos àquele pormenor do «espectáculo» até ao momento em que Chico irrompeu de braços abertos. Oh! Que alegria!

Nessa noite houve uma grande festa para comemorar o desfecho feliz. Eduíno Amaral não prescindiu do papel de estrela. Era inegável que se sentia vaidoso enquanto explicava para a assistência atenta:

— A história resume-se em poucas palavras. Aqueles indivíduos quiseram obrigar o Sam a matar o tio para herdar a fortuna e pagar o que lhes devia, que não era pouco. Claro que o Sam nunca tencionou cometer o crime, mas foi-os iludindo porque sabia que eram perigosos e porque receava que tratassem eles do assunto.

As pessoas escutavam pasmadas.

— Ora, quando vieram para os Açores o pobre Sam pensou ver-se livre de ameaças por uns tempos. Enganava-se. Logo que chegaram à ilha Terceira recebeu uma mensagem inequívoca. Depois viu-os na zona dos Biscoitos vestidos de mergulhadores. Receando que tentassem afogar o tio, lançou-se à água para o salvar. Com a atrapalhação, iam morrendo os dois.

— E o incêndio? — perguntou Tony.

— Foi tudo obra deles. Como o Sam nunca mais se decidia, resolveram agir. Se você não se transformou em pasto das chamas tem de o agradecer a este nosso amigo.

Pousou a mão no ombro do Chico, que sorriu embaraçado. Gostava de elogios, mas na frente de tanta gente, que vergonha!

— Os malandros tomaram precauções para não serem incriminados.

— Que precauções?

— Vestiram o anoraque do Sam. Se alguém

170

os visse, a culpa recairia nele. Foi o que aconteceu.

— Mas nesse caso o meu sobrinho já não herdaria dinheiro nenhum.

— Herdava sim. Lembre-se de que o anoraque nunca mais aparecia. Uma pessoa não pode ser condenada sem provas.

— Ah!

— Bom. Quando o Sam foi acusado de um crime que não cometeu, ganhou juízo e contou a verdade à polícia. Nessa altura contrataram-me porque sou o melhor detective do arquipélago.

— Ai é? Então por que raio não os prendeu logo?

— Por falta de provas, amigo! Eu só podia apoiar-me na palavra do seu sobrinho. E ele era suspeito, portanto o que dissesse em tribunal tinha pouco valor. Decidi apanhá-los em flagrante e estive quase a deitar-lhes a mão no cais de Ponta Delgada. Combinei com o Sam ir atrás dele e surpreender a conversa que tivessem. Não foi possível porque este grupo é danado! Também perceberam tudo e resolveram investigar por conta própria. São espertos, têm faro e têm coragem para dar e vender!

Desta vez não baixaram os olhos, porque o elogio colectivo não embaraça.

— Acabei por reunir as provas necessárias para incriminar os bandidos porque encontrei nos despojos do incêndio restos de uma lata de gasolina com impressões digitais. Bastou pedir para a América a confirmação de que pertenciam a estes indivíduos e pronto! Eles nunca conseguiriam justificar a coincidência. Quis vir imediatamente para o Faial mas previa-se tempestade e os aviões não levantaram voo. O resto da história, conhecem-no melhor do que eu!

Na sala ressoou uma salva de palmas seguida de grande burburinho. As pessoas faziam comentários, recordavam peripécias, alegravam-se por ter acabado tudo bem.

A mãe das gémeas, que se lhes reunira pouco antes, chorava de emoção ao pensar no que podia ter acontecido às filhas!

Tony não estava menos comovido. Perdoou tudo ao sobrinho, chamou-lhe idiota, obrigou-o a prometer que nunca mais se metia em encrencas na vida dele. E acabou soltando aquelas gargalhadas inconfundíveis.

— Nunca pensei viver uma aventura tão empolgante na terra onde nasceram os meus antepassados! Dizem que é uma terra pacata? Pois enganam-se! Ah! Ah! Ah! Tão cedo não me vou daqui embora. Quero divertir-me à farta.

E assim foi. Ficaram mais uma semana do que estava previsto, visitaram todas as ilhas do arquipélago, divertiram-se imenso.

Só aconteceu mais um imprevisto.

No dia de regresso o avião de Tony avariou--se. Tiveram que apanhar um voo normal. Estavam a instalar-se com armas e bagagens quando viram avançar pelo corredor duas figuras esvoaçantes. Mário e Sara, com túnicas de seda tão brancas como as nuvens que iam atravessar, deslocavam-se na coxia com um sorriso feliz e a expressão etérea que já lhes conheciam. A presença deles a bordo fazia com que o avião parecesse uma nave espacial.

Aproximaram-se deles completamente desvanecidos. Sara trazia uma pulseira estranha, entre o dourado e o prateado, que não reflectia luz.

— É oricalco — confidenciou em voz baixa. — O metal precioso da Atlântida. Encontrámos várias peças.

— Onde? — perguntaram em coro. — Em qual das ilhas?

— Não podemos dizer. Por agora preferimos que fique em segredo.

João chegou-se e estendeu os dedos para a pulseira. Afagou-lhe a superfície, depois afagou a pele à volta e corou até à raiz dos cabelos.

— Estás apaixonado? — perguntou-lhe Pedro em surdina.

Ele ia negar, mas o amigo atalhou:

— Não disfarces, «canina». Nem tenhas vergonha porque não és o único...

Chico ouviu e riu-se, também muito encarnado. As gémeas cochichavam com Mário. Todos queriam aprofundar ao máximo a história do oricalco.

Histórias e lendas dos Açores

Índice

A lenda dos nove irmãos

A meio do oceano havia um lindo país com grandes montanhas cobertas de arvoredo. As mais altas eram tão altas que furavam as nuvens e pareciam tocar no céu.

Nesse país vivia um rei que tinha nove filhos muito amigos uns dos outros.

Certo dia o pai chamou-os e pediu-lhes:

— Digam-me qual é o sítio que preferem porque tenciono dar uma propriedade a cada um.

Todos queriam viver na montanha, mas como se entendiam bem, não houve brigas. Escolheram em boa harmonia e lá foram construir as suas casas. Antes de se separarem marcaram encontro para daí a um ano.

O tempo passou e nas vésperas do dia previsto, que alegria! Os nove rapazes só pensavam no momento de abraçar os irmãos. Adormeceram com dificuldade.

A meio da noite sentiram a terra tremer e ouviram um ruído pavoroso. Foram ver o que se passava e verificaram com assombro que o país se tinha afundado. Restavam apenas os nove cumes das montanhas, transformados em ilhas.

Para poderem comunicar, a única solução era começarem imediatamente a construir barcos. Trataram de cortar madeira nas matas e atiraram-se ao trabalho com a maior energia.

Não tardou que se voltassem a reunir e todos afirmaram que nada nem ninguém conseguiria impedi-los de se verem sempre que quisessem. Agora viviam em ilhas? Pois viajariam por mar!

Ilha do Corvo

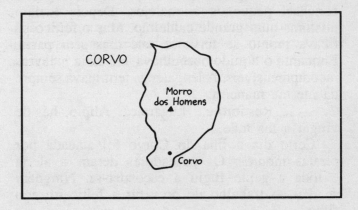

Ali, o feiticeiro

Em tempos que já lá vão vivia na ilha do Corvo uma mulher que conhecia as artes da feitiçaria. As pessoas tinham medo dela mas procuravam-na quando estavam aflitas. Pediam-lhe remédios para os doentes, cura para os males de amor, mezinhas para proteger os homens que saíam à pesca. No entanto, nunca a visitavam só para fazer companhia e não a deixavam participar nas festas da aldeia. Assim, a pobre mulher passava a maior parte dos dias muito triste e sozinha. A sua única alegria era o filho. Cuidava dele com desvelo e cobria-o de carinhos.

Quando o rapaz cresceu decidiu ensinar-lhe os

segredos da sua profissão. Nas noites de lua cheia ia com ele apanhar ervas, pedrinhas, algas e conchas, pequenos animalejos. Depois faziam misturas num grande caldeirão. Mas o feitiço só ficava pronto se fervesse sete dias sem parar. Enquanto o líquido borbulhava, ela dizia palavras incompreensíveis. A lengalenga terminava sempre da mesma maneira:

— ... Restimore... Lagartãe... Alípio, hás-de vingar a tua mãe...

Certo dia a ilha do Corvo foi atacada por piratas mouros. Os pescadores deram o alerta e toda a gente fugiu a esconder-se. Ninguém se deu ao trabalho de prevenir a feiticeira e o filho.

Os intrusos encontraram a cabana mas não puderam fazer-lhes mal porque os poderes mágicos eram muito fortes.

Ela puxou uma nuvem do céu e ficou invisível no centro da bruma. Antes de desaparecer, orde-nou ao filho:

— Vai para bordo! O teu destino é longe daqui.

Os piratas raptaram Alípio. Ou melhor, julga-ram raptá-lo porque o rapaz seguiu-os de boa vontade. Queria obedecer à mãe e o mar fasci-nava-o. Durante alguns anos andou embarcado. Os companheiros chamavam-lhe apenas Ali, nome comum entre os mouros. Não tardou que assu-misse o comando de um navio.

Logo que pôde decidir que rotas haviam de tomar, mandou largar vela em direcção à ilha do Corvo. Ia satisfazer o pedido da mãe. Saltou em terra disposto a cometer as maiores barbaridades.

Morta de medo, a população procurou refúgio nos morros, onde nenhum estrangeiro se atreveria a penetrar.

Ali perseguiu-os, rindo à gargalhada, pois conhecia todos os recantos desde criança. Quando atingiu as lagoas do Caldeirão, deteve-se. Matar aquela gente parecia-lhe fraca vingança. Desejava atormentar os habitantes da ilha de geração em geração!

De súbito, ocorreu-lhe uma ideia melhor. Usou os poderes mágicos que a mãe lhe transmitira para enfeitiçar o vento. Deste modo, sempre que os moinhos girassem, o seu riso havia de se espalhar pelas encostas provocando arrepios de pavor...

Contente consigo mesmo, soltou gargalhadas loucas e partiu para não mais voltar. Mas ainda hoje o povo se arrepia com os ruídos estranhos que bailam nas tempestades. São as gargalhadas de Ali, o feiticeiro.

Ilha das Flores

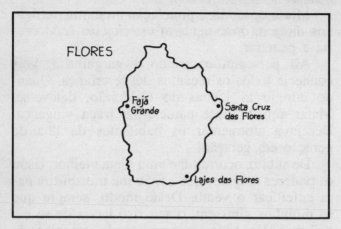

FLORES

Fajã Grande

Santa Cruz das Flores

Lajes das Flores

O povoamento

A ilha das Flores é uma das mais bonitas do arquipélago. Foi descoberta ao mesmo tempo que a ilha do Corvo, por volta do ano de 1452.

Os descobridores foram Diogo de Teive e seu filho João de Teive, que realizaram juntos uma grande viagem para ocidente. Julga-se que nessa viagem atingiram a Terra Nova, na América do Norte.

A ilha de início recebeu o nome de Foreira. Mais tarde foi baptizada São Tomás. O nome não pegou. Acabou por ficar Flores, devido aos lindos tufos coloridos que ali irrompem por toda a parte.

O primeiro colonizador chegou em 1470. Era

Guilherme van den Haegen e vinha da Flandres. Não ficou devido ao isolamento. Só em 1504 se deu o povoamento definitivo com o capitão-donatário João da Fonseca de Évora.

Ilha Graciosa

O casamento do pirata

Entre os piratas e corsários (^{1}) que infestavam o mar dos Açores, havia um chamado Laplace, que gostava muito de descansar na ilha da Graciosa, mais precisamente na baía da Folga.

Laplace era francês e bonito rapaz. Alto, forte, de ombros largos, inspirava respeito e temor. A população da Graciosa não tinha grandes razões de queixa pois ele nunca ali cometera nenhum desacato. No entanto, sabendo que se tratava de um corsário, evitavam aproximar-se.

Certo dia Laplace viu sair da igreja uma rapariga magríssima de cabelos pretos e olhos as-

___

(^{1}) Os piratas eram ladrões do mar e trabalhavam por conta própria. Os corsários também atacavam navios e povoações com a intenção de roubar, mas faziam-no ao serviço de um rei e na sua terra eram considerados militares de prestígio.

sustadiços, que não saberia dizer se era bonita ou feia mas que lhe arrebatou o coração. Seguiu-a e nessa mesma noite chegaram à fala. Branca, assim se chamava a rapariga, não tinha pretendentes e ficou desvanecida por ter despertado amor naquele homenzarrão. Inclinada no parapeito da janela, prometeu segui-lo até ao fim do mundo.

Quando o pai soube, foi um Deus nos acuda! Ofereceu-lhe pancada, quis fechá-la em casa a sete chaves e até a ameaçou com o convento. Branca não fazia outra coisa senão chorar e gritar:

— As minhas irmãs já casaram e eu não quero ficar para tia!

Tanto chorou, tanto berrou, que comoveu os pais. Gostariam de lhe arranjar noivo, mas como? A maior parte dos rapazes da ilha já estavam casados!

Conversaram longamente com a filha, tentando convencê-la de que a vida de solteira não era assim tão má. Ela continuava a insistir no mesmo:

— Quero-me casar, quero-me casar!

O pai também se mostrou inflexível. A ideia de ver a filha casada com um pirata desnorteava-o, sobretudo porque a maior parte dos piratas eram mouros e praticavam outra religião.

— Filha minha não casa com um infiel — decidiu. — O assunto está encerrado.

Não estava. Laplace, logo que foi informado a respeito do problema, enviou ao futuro sogro uma cruz de ouro cravejada de pedras preciosas. Era a sua forma de mostrar que praticava a religião cristã.

A jóia removeu todos os obstáculos! Pouco tempo depois os sinos repicaram festejando a boda de Branca com o corsário Laplace.

Ilha de São Jorge

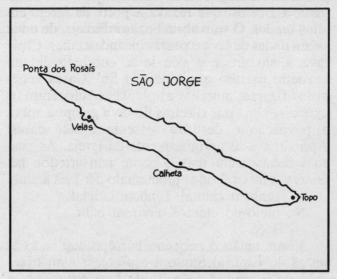

As ilhas dos Açores são de origem vulcânica. Ao longo dos séculos houve muitas erupções e tremores de terra no arquipélago.

O borrego das festas

A 1 de Maio de 1808 a ilha de São Jorge dançou no oceano com tal violência que a população julgou ter chegado o dia do Juízo Final. Antes do nascer do Sol ouviu-se um estampido horrendo e a terra começou a tremer. As pessoas saltaram da cama espavoridas e correram para a igreja mais próxima. Na freguesia de Urzelina juntaram-se ao padre Barcelos, que rezava à porta da igreja em altos brados. O solo abria bocas infernais, de onde saíam ondas de lava e pedras incandescentes. Cheirava a enxofre e o céu ia-se cobrindo de um nevoeiro pastoso que tapava o Sol. Gases venenosos fizeram murchar as plantas e sufocaram os animais. Uma das ribeiras de lava galopou sobre a povoação e destruiu sessenta e sete casas. Aproximava-se perigosamente da igreja. As pessoas debandaram mas o padre não arredou pé. Girava entre os feridos procurando dar-lhes ânimo.

— Tenham calma! Tenham calma!

No meio do clamor ouviram balir.

— Bééé...

Viram então o pequeno borrego destinado às festas do Espírito Santo a espinotear num triângulo de terreno já rodeado de lava por todos os lados. Mas a massa incandescente seguiu o seu caminho em direcção ao mar e não lhe tocou.

O borrego nada sofreu. O terreno à sua volta ficou intacto e também escapou uma adega onde guardavam o vinho para as mesmas festas! Não faltou quem dissesse tratar-se de milagre.

Os tremores de terra têm-se espaçado. Mas o último deixou a ponta oeste — ponta dos Rosais — com uma cavidade tão profunda que se julga irá abater se as entranhas da terra voltarem a dar sinal de si.

O farol que ali existia teve que ser abandonado e encontra-se em ruínas.

Depois de um passeio pelos trilhos ladeados

de hortênsias e árvores frondosas cujas folhas rijas e brilhantes parecem de loiça, é muito emocionante ir espreitar à ponta dos Rosais...

Na ilha de São Jorge há tabuletas espalhadas pelo campo com versos e frases de poetas e escritores que gabaram a beleza local. Ideia bonita e fora do vulgar!

Ilha do Faial

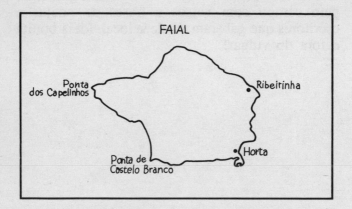

O cavaleiro do silêncio

Antes da chegada dos navegadores portugueses, as ilhas dos Açores eram desertas. No Faial a terra estava coberta de arvoredo. Cedros, zimbros e faias formavam bosques espessos onde cantavam pássaros e dançavam fadas nas noites de luar.

Entre os primeiros colonos tornou-se famosa pela sua beleza uma donzela chamada Ida Garcia. Era tão linda, tão linda, que a própria natureza reagia à sua passagem. O vento tornava-se brando, as ondas agitavam-se com suavidade, as flores abriam as pétalas para a saudar.

Tanta formosura despertou inveja até mesmo nas fadas! Cheias de raiva, decidiram usar poderes mágicos para a enfeitiçarem. Reuniram-se numa clareira do bosque e, depois de muito discutirem, escolheram o castigo.

— Ida há-de ficar sozinha porque não saberá demonstrar o seu amor a ninguém. Os apaixonados vão julgá-la tão fria e indiferente que nunca ousarão declarar-se.

O vaticínio cumpriu-se. Muitos rapazes sofreram de amor por Ida sem nunca lhe revelarem o que sentiam. Mas nenhum sofreu tanto como um belo cavaleiro chegado da Flandres. Sonhava com ela, rondava-lhe a porta, fazia-se encontrado nos passeios à beira-mar, nas festas. Como ela nunca lhe concedeu sequer um olhar de carinho, preferiu guardar segredo a respeito dos seus sentimentos.

Ainda pensou regressar à Flandres, mas mergulhou numa tristeza tão profunda que já não tinha forças nem para empreender a viagem. Para tentar esquecer Ida decidiu afastar-se e ir viver para a ilha do Pico. De nada lhe serviu a mudança! Cheio de saudades, deambulava sozinho pelas encostas e como se entretinha a escrever o nome da amada nas pedras, tornou-se poeta. Atribuem-se-lhe lindas quadras:

Anda uma barca perdida
Dentro dela um pescador
É a barca da minha vida
Ando perdido de amor.

Fui escrever o teu nome
Lá na rocha junto ao mar
Hei-de amar-te até a rocha
Pela vaga se quebrar.

O cavaleiro ficou no Pico para o resto da vida. Sempre solitário e sonhador, raramente dirigia a palavra a quem quer que fosse. Por isso lhe chamavam *O Cavaleiro do Silêncio.*

Ilha do Pico

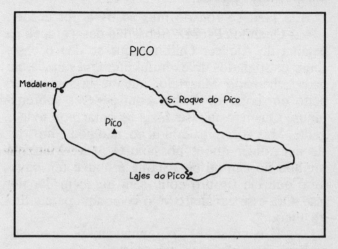

Na ilha do Pico fica o ponto mais alto de Portugal. Tem 2531 metros de altitude.

O talismã da ilha do Pico

Há duzentos anos viveu na ilha do Pico um trovador chamado Gil, que a todos encantava com os seus poemas e sobretudo com as suas histórias e adivinhas.

A história preferida dos que estavam em idade de namorar falava de um colar mágico feito com bolas de âmbar. Quando se juntavam à noite era certo e sabido que alguém pedia:

— Conte-nos outra vez a história do colar mágico, tio Gil!

Ele fazia-se rogado mas acabava por aceder.

— Quando el-rei D. Sebastião desapareceu na batalha de Alcácer Quibir é que se deu o caso. Entre os soldados do exército português havia um padre chamado Maurício, que trazia sempre ao peito um colar de âmbar com poderes sobrenaturais. Quem o usasse fazia-se amar por toda a gente. Mas com uma condição: não podia mostrá--lo nem dizer que o possuía. O padre Maurício tombou no campo de batalha e houve um cavaleiro que lhe tirou o colar sem ninguém dar por isso. Ora esse cavaleiro veio viver aqui para a ilha do Pico...

— E o colar? — perguntavam os ouvintes, embora já soubessem a resposta.

— O colar foi passando de mão em mão. Uma vezes herdado, outras doado, outras ainda roubado. Mas aqui continua, servindo de talismã a quem o possui.

Depois de uma pausa risonha, acrescentava:

— Sabem onde pára o talismã? No peito da pessoa mais amada da ilha do Pico!

Nessa altura cada rapaz olhava intencionalmente a rapariga do seu coração e cada rapariga fitava o rapaz preferido.

A história acabava. Os suspiros de amor é que continuavam pela noite fora!

Ilha Terceira

TERCEIRA

Biscoitos

•Serreta

Praia •
da Vitória

Angra
do Heroísmo

A batalha da Salga

Quando o rei Filipe II de Espanha se sentou no trono português, em 1581, houve uma parcela do território que se recusou a aceitar o inaceitável. Os habitantes da ilha Terceira continuaram a hastear a bandeira portuguesa e diziam para quem os quisesse ouvir:

— O nosso rei é D. António, Prior do Crato!

Filipe II decidiu dominá-los pela força e enviou para lá uma frota com vinte navios bem fornecidos de armas. De início o comandante espanhol tentou convencer a população a mudar de atitude. Nenhum argumento surtiu efeito. Resolveu então abrir hostilidades, convencido de que seria fácil neutralizar aquela gente. Ordenou aos soldados que saíssem em terra e fossem ocupando pontos estratégicos da costa. Eles cumpriram a tarefa com muita dificuldade porque a população ofereceu grande resistência. Houve mortos, feridos, e vários homens foram feitos prisioneiros. Entre esses, o marido e o filho de Brianda Pereira.

Embora louca de aflição, Brianda não chorou pelos seus. Armou-se até aos dentes, chamou outras mulheres e convenceu-as a prepararem-se para a luta.

Quando os espanhóis desembarcaram na baía da Salga, foram surpreendidos por um exército bem invulgar! Junto dos soldados portugueses combatiam mulheres enfurecidas e velhos que chamavam a si as últimas forças. O choque foi terrível! Espadas e lanças entrechocavam-se, ouviam-se gritos de dor e o chão ia-se cobrindo de cadáveres.

No meio da barafunda o governador português recorreu a um estratagema inédito. Mandou enxotar para a zona da batalha vacas e toiros bravos que pastavam ali perto.

A confusão foi tal que os espanhóis fugiram para bordo.

Terminada a luta, Brianda chorou finalmente mas de alegria, pois encontrou o marido e o filho, e regressaram juntos a casa!

A ilha Terceira resistiu aos invasores até 27 de Julho de 1583.

Ilha de São Miguel

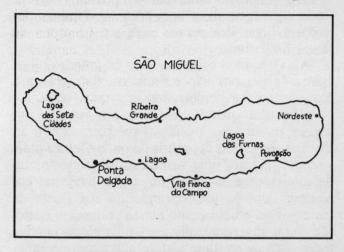

As lendas têm sempre algo de verdade. Ou estão relacionadas com uma personagem ou com um facto ou com um acidente da Natureza.

Na ilha de São Miguel foi a lagoa das Sete Cidades que deu origem a uma das lendas mais bonitas. Tem duas versões.

Lenda das Sete Cidades

Primeira versão

Em tempos que já lá vão havia um pequeno reino escondido nas brumas do oceano. Chamava-se Reino das Sete Cidades. O clima ameno e a terra generosa tornavam as pessoas afáveis. Toda a gente se dava bem com os vizinhos, por isso no lugar dos muros surgiam canteiros de flores lindíssimas.

Ali vivia uma princesa loira de grandes olhos azuis. Talvez por não ter irmãos, habituou-se a passear sozinha percorrendo montes e vales.

Certo dia, quando descansava à beira de um regato, ouviu uma música suave pairando no ar. Curiosa, procurou descobrir de onde vinha aquele som. Seguiu por uma vereda sombria até ao alto da montanha e lá em cima o que havia de encontrar? Um pastor soprando na sua flauta de cana, jovem e belo como nunca conhecera outro. Ele ficou envergonhadíssimo, pois só costumava tocar para as ovelhas não se afastarem do rebanho. A princesa pediu-lhe que continuasse. Apesar do embaraço, fez-lhe a vontade. Começou pelas melodias que aprendera com o pai. Depois deu largas à imaginação, ao talento, e imitou o canto dos pássaros, o assobio do vento, as ondas do mar. A princesa escutou maravilhada. No palácio real apareciam músicos famosos, mas nenhum tocava assim.

Quase não falaram, a princesa e o pastor. Apaixonaram-se perdidamente.

Pobre princesa! No ano seguinte foi pedida em casamento. O pai anunciou-lhe que depois de grandes festejos iria viver no palácio do reino vizinho. Ela ficou louca de desgosto. Mas nesse tempo as ordens do pai cumpriam-se sem réplica.

De madrugada correu até ao cume da montanha para um último encontro com o pastor. Choraram tanto que ali surgiram duas grandes lagoas. Uma de água azul como os olhos da princesa. Outra de água verde como os olhos do pastor.

Lenda das Sete Cidades

Segunda versão

O rei das Sete Cidades vivia triste e amargurado porque não tinha filhos. Uma noite, porém, quando passeava ao luar, foi surpreendido por uma voz misteriosa que lhe anunciou:

— Os teus tormentos vão chegar ao fim. Dentro em breve terás uma filha. Mas atenção! Não podes vê-la até que complete vinte anos.

Ele não queria acreditar. No entanto, a profecia cumpriu-se. O pai ansiava conhecê-la. Só que, receando contrariar a voz misteriosa, não se atreveu. E para ter a certeza de não ceder à tentação de ir espreitar o berço, mandou construir um castelo no alto da montanha para instalar a filha. De vez em quando cavalgava em redor dos muros. Ouvia-a rir, brincar... que sofrimento! Resistiu enquanto pôde. Mas lá chegou o dia em que não aguentou mais.

Mal transpôs a porta do castelo, um medonho tremor de terra abalou a ilha inteira. A montanha abriu uma bocarra enorme, transformou-

-se num vulcão, e as águas do mar engoliram o reino.

Quando tudo acalmou, só ficaram dois lagos. Um tomou a cor do chapeuzinho da princesa, que era azul. Outro tomou a cor dos sapatos, que eram verdes.

Há quem diga que o chapéu e os sapatos ainda lá estão no fundo das lagoas.

Ilha de Santa Maria

Bei! Bei! Bei!

No tempo em que as ilhas eram atormentadas por ataques de corsários e piratas, a população de Santa Maria vivia sempre alerta com medo de ver aparecer os barcos malditos. As sentinelas olhavam o mar e quando surgiam no horizonte sinais inimigos davam o alarme.

Certo dia desembarcou no porto um grupo de mouros particularmente feroz. Entraram pelas casas, pilharam tudo o que havia de valor e incendiaram o resto. Não contentes com isso, sovaram os habitantes com uma vara de ferro. As pessoas gritaram, choraram, pediram misericórdia. De nada lhes valeu. O chefe, a quem os companheiros chamavam Bei, não se comovia nem com as crianças. Tratou toda a gente sem dó nem piedade.

A partir daí, quem avistasse um barco de origem duvidosa gritava:

— Aí vem o Bei! Aí vem o Bei!

A frase corria de boca em boca e era debandada geral. Com os filhos pequenos ao colo, arrebanhavam o que podiam e refugiavam-se nas zonas mais inacessíveis. Para avisarem os que andavam a trabalhar no campo, acendiam grandes fogueiras. Deste modo alguns conseguiram escapar à fúria de Bei, que voltou várias vezes à ilha.

O pirata morreu anos depois, mas o nome ficou. Primeiro servindo de aviso, mais tarde como exclamação de surpresa e espanto. Já não há piratas, já ninguém se lembra do terrível chefe, mas em situação de pasmo ainda hoje lhes sai pela boca fora:

— Bei!

Se a surpresa é excessiva, dizem:

— Bei! Bei! Bei!

Por vezes juntam-lhe o nome de uma santa:

— Bei Sant'Ana!

Bei continua portanto ligado à ilha de Santa Maria. E a sua presença não se limita a essa palavra tantas vezes repetida. Na igreja matriz da Vila do Porto guarda-se ainda a vara de ferro com que o pirata zurziu os habitantes na primeira visita.

A lenda da Atlântida

Há muitos, muitos anos, teria existido a meio do oceano uma grande ilha ou mesmo um continente, chamado Atlântida.

Era uma terra maravilhosa, com clima suave, grandes bosques, árvores gigantescas e planícies tão férteis que davam duas ou mais colheitas por ano. Nas grutas abrigavam-se animais selvagens e pelos montes corriam manadas de cavalos brancos.

Os atlantes eram ricos, poderosos e muito civilizados. Construíram cidades fantásticas. Os palácios e templos tinham as paredes cobertas de marfim e de metais preciosos como ouro, prata e estanho.

Havia também jardins, ginásios, estádios ricamente decorados com belas estátuas. Nos portos abrigavam-se milhares de navios.

As jóias eram fabricadas num metal que só eles possuíam, o oricalco, mais valioso do que o ouro.

Houve uma época em que o rei da Atlântida conseguiu dominar várias ilhas em redor, grandes extensões da Europa e uma parte do Norte de África. Mas acabou sendo derrotado pelos gregos de Atenas.

A Atlântida desapareceu devido a um tremor de terra violentíssimo. Foi engolida pelo mar numa só noite.

Há quem diga que os únicos vestígios deixados à superfície foram pastas de lodo. Mas também há quem garanta que os cumes das montanhas ficaram de fora transformados em ilhas e que essas ilhas são os Açores.

Na antiguidade, as notícias a respeito da Atlântida passaram de boca em boca durante muitas gerações. O primeiro que as registou por escrito foi um pensador grego chamado Platão, que viveu no século V antes de Cristo ([1]).

Depois, muita gente escreveu a respeito do continente desaparecido. No início do nosso século já havia mil e setecentos livros publicados sobre o assunto e raro é o ano em que não aparecem estudos, artigos em jornais e revistas, livros variados. Certas associações continuam a procurar desesperadamente os restos da Atlântida no fundo do mar.

([1]) Platão fala da Atlântida nos diálogos *Timeu* e *Crítias*.

O descobrimento dos Açores

O primeiro mapa em que aparece o arquipélago dos Açores muito parecido com o que é na realidade foi feito por um cartógrafo da Catalunha chamado Gabriel Valseca, em 1439. Inclui o nome do descobridor português: Diogo de Silves.

De acordo com este documento, é possível concluir que foi ele quem descobriu todas as ilhas, excepto Flores e Corvo. As datas prováveis dessa primeira viagem são 1427 ou 1432.

Quanto às ilhas de Flores e Corvo, existe um documento de 1474 que indica como seus descobridores Diogo de Teive e seu filho João de Teive.

As ilhas eram desertas, com clima suave e cobertas de vegetação. Não havia animais ferozes, apenas pássaros, insectos, lagartixas.

Não foi possível povoá-las de imediato. O Infante D. Henrique começou por enviar ovelhas e cabras, que se deram muito bem porque não lhes faltavam pastos nem água doce.

Em 1445 iniciou-se a colonização no sistema das capitanias. Ou seja, cada ilha era entregue a um capitão donatário, que se tornava responsável por aquela terra. Tinha que chamar gente, mandar cultivar os campos, construir cidades, organizar a vida da população, etc. Na sua capitania era a pessoa mais importante e poderosa. Ficava com os rendimentos obtidos mas tinha que pagar um imposto ao Infante D. Henrique ou ao Infante D. Pedro.

Os primeiros capitães donatários foram portugueses e flamengos ([1]): Gonçalo Velho em Santa Maria e São Miguel, Jácome de Bruges na Terceira, Vasco Gil Sodré na Graciosa, Jacob van Huerter no Faial e Pico e Guilherme van der Haegen em São Jorge, Corvo e Flores.

([1]) Os flamengos eram naturais da Flandres, terra que hoje se divide entre a Bélgica e a Holanda.